JUDÔ ADAPTADO

ORGANIZAÇÃO, INDICADORES DE DESEMPENHO
E PROPOSTAS DE AVALIAÇÃO FÍSICA

Catalogação na Fonte
Elaborado por: Josefina A. S. Guedes
Bibliotecária CRB 9/870

K826j
2023

Kons, Rafael Lima
Judô adaptado: organização, indicadores de desempenho e propostas de avaliação física / Rafael Lima Kons, Daniele Detanico. - 1. ed. - Curitiba: Appris, 2023.
164 p. ; 23 cm. - (Educação física e esportes).

Inclui referências.
ISBN 978-65-250-5078-2

1. Judô. 2. Esportes para pessoas com deficiência. 3. Paraolimpíadas. 4. Artes Marciais. I. Detanico, Daniele. II. Título. III. Serie.

CDD - 796.8152

Livro de acordo com a normalização técnica da ABNT

Appris editora

Editora e Livraria Appris Ltda.
Av. Manoel Ribas, 2265 - Mercês
Curitiba/PR - CEP: 80810-002
Tel. (41) 3156 - 4731
www.editoraappris.com.br

Printed in Brazil
Impresso no Brasil

Rafael Lima Kons
Daniele Detanico

JUDÔ ADAPTADO

ORGANIZAÇÃO, INDICADORES DE DESEMPENHO
E PROPOSTAS DE AVALIAÇÃO FÍSICA

Appris editora

FICHA TÉCNICA

EDITORIAL	Augusto Coelho Sara C. de Andrade Coelho
COMITÊ EDITORIAL	Marli Caetano Andréa Barbosa Gouveia - UFPR Edmeire C. Pereira - UFPR Iraneide da Silva - UFC Jacques de Lima Ferreira - UP
SUPERVISOR DA PRODUÇÃO	Renata Cristina Lopes Miccelli
PRODUÇÃO EDITORIAL	Bruna Holmen
REVISÃO	Camila Dias Manoel
DIAGRAMAÇÃO	Jhonny Alves dos Reis
CAPA	Eneo Lage

COMITÊ CIENTÍFICO DA COLEÇÃO EDUCAÇÃO FÍSICA E ESPORTE

DIREÇÃO CIENTÍFICA	**Valdomiro de Oliveira (UFPR)**	
CONSULTORES	Gislaine Cristina Vagetti (Unespar)	Arli Ramos de Oliveira (UEL)
	Carlos Molena (Fafipa)	Dartgnan Pinto Guedes (Unopar)
	Valter Filho Cordeiro Barbosa (Ufsc)	Nelson Nardo Junior (UEM)
	João Paulo Borin (Unicamp)	José Airton de Freitas Pontes Junior (UFC)
	Roberto Rodrigues Paes (Unicamp)	Laurita Schiavon (Unesp)
INTERNACIONAIS	Wagner de Campos (University Pitisburg-EUA)	
	Fabio Eduardo Fontana (University of Northern Iowa-EUA)	
	Ovande Furtado Junior (California State University-EUA)	

Dedico este livro a Elisete Lima, Henrique José Kons, Raniere Lima Kons, minha família; e a Daniele Detanico e Hugo Vieira Motta, minhas inspirações na vida acadêmica e na construção deste livro.
Rafael Lima Kons

Dedico este livro ao meu filho, Pedro Lucca, minha razão de viver, e ao meu companheiro desta vida, Juliano.
Daniele Detanico

AGRADECIMENTOS

Agradeço o apoio incondicional de Marilia Carvalho Sampaio, fundamental durante o processo de construção e acompanhamento da realização deste sonho.

Agradeço a meus parceiros de pesquisa e escrita ao longo destes últimos anos, Marina Saldanha da Silva Athayde, Rodrigo Ghedini Gheller, Jonathan Ache-Dias e Juliano Dal Pupo.

Rafael Lima Kons

SUMÁRIO

GLOSSÁRIO

Fusen-Gachi	–	Vitória sem adversário
Hajime	–	Início
Hansoku-make	–	Desclassificação
Ippon	–	Pontuação máxima
Jogai	–	Fora da área de combate
Joseki	–	Mesa de placar
Judogi	–	Vestimenta específica do judô
Kansetsu-waza	–	Técnicas de chaves articulares
Kata	–	Forma (praticado com base em um sistema predeterminado de técnicas)
Kumi-Kata	–	Pegada inicial
Makikomi	–	Técnicas de projeção de sacrifício que envolvem giro, volta ou enrosque
Mate	–	Pausa
Nage-waza	–	Técnicas de projeção
Ne-waza	–	Técnicas de solo
Osaekomi	–	Imobilização do oponente
Rei	–	Cumprimento
Shido	–	Penalização/punição
Shime-waza	–	Técnicas de estrangulamento
Sutemi-waza	–	Técnicas de projeção de sacrifício
Tachi-waza	–	Técnicas de projeção em pé
Tani-otoshi	–	Técnica de projeção de sacrifício denominada "queda do vale"
Tori	–	Praticante que executa determinada ação/técnica
Uke	–	Praticante que recebe determinada ação/técnica
Waza-ari	–	Meio ponto

APRESENTAÇÃO

As artes marciais e os esportes de combate, de modo geral, são práticas corporais físicas e mentais que buscam a superação, primeiramente, do próprio indivíduo e, posteriormente, do seu oponente. Essas práticas podem estar associadas a contextos de defesa pessoal, treinamento e competição. O judô, enquanto arte marcial e esporte de combate, apresenta-se nesses diferentes contextos de prática, mas com um objetivo em comum, que é o aprendizado constante. Diante da natureza acíclica e da elevada complexidade nos seus movimentos, a prática do judô é desafiadora, e, ao refletir sobre essas peculiaridades, imagina-se um cenário no qual os praticantes exploram uma gama de habilidades motoras, envolvendo diferentes sentidos, movimentos corporais e percepção espaçotemporal.

Ao pensar essa prática para pessoas com deficiência, aqui em destaque a deficiência visual, intelectual, física e auditiva, todo esse processo de desenvolvimento e aperfeiçoamento deve ser organizado de maneira a atender as limitações (motoras e sensoriais) e particularidades do praticante.

O esporte adaptado, como um todo, tem passado por avanços na sua abordagem e no seu desenvolvimento nos últimos anos, principalmente em áreas multidisciplinares abordadas neste livro, de forma específica para o judô adaptado. Com isso, pretende-se nesta obra explorar os diferentes contextos envolvendo o judô adaptado, desde o processo histórico, passando pela organização de eventos esportivos, pelos indicadores de desempenho, até a proposta de ensino-aprendizagem e a avaliação física específica. Acredita-se que estudantes, professores, treinadores e demais profissionais multidisciplinares da área das ciências do esporte poderão se beneficiar com os conteúdos abordados, os quais buscam fornecer evidências científicas envolvendo o judô adaptado em diferentes perspectivas de atuação dentro da área esportiva.

Rafael Lima Kons
Daniele Detanico

Pessoalmente, considero um privilégio ter tido a oportunidade de ler este material em primeira mão. Ainda que eu já tivesse lido a maior parte dos trabalhos envolvendo o judô paralímpico publicados por esses autores, e até participado de alguns, a síntese aqui apresentada facilita em muito a compreensão dos diferentes fatores que contribuem para o desempenho no judô paralímpico. Considerando que as publicações acadêmicas, especialmente os artigos científicos, são de difícil acesso para a maior parte dos profissionais que atuam no esporte, este livro cumpre um papel extremamente importante, que é o de aproximar os achados das principais investigações a um grupo maior de pessoas. Desta forma, recomendo a leitura desta obra e a aplicação dos conceitos e informações nela apresentados. Boa leitura!!!

Emerson Franchini

Professor associado do Departamento de Esporte,
Escola de Educação Física e Esporte da Universidade de São Paulo

PREFÁCIO

Para quem gosta de judô e ciência, é sempre uma alegria ter contato com uma nova obra tratando dessa modalidade. Quando a obra é escrita por duas pessoas comprometidas com o judô e com a ciência, como é o caso do Dr. Kons e da Dr.ª Detanico, há garantia de rigor e profundidade. O judô e a academia são indissociáveis, pois seu criador, Jigoro Kano, era, ele mesmo, uma pessoa da universidade, aberta ao conhecimento e à inovação.

Nas últimas décadas, o judô convencional sofreu inúmeras mudanças em suas regras e seus sistemas de competição, porém nem todas baseadas em evidências científicas ou no melhor conhecimento disponível. Por outro lado, o judô paralímpico recentemente mudou seu sistema de classificação das classes de competição tendo como base investigações científicas que demonstraram tal necessidade. Portanto, quanto a este aspecto, pode-se dizer que o judô paralímpico está mais próximo das características de seu fundador que o judô convencional.

Certamente, as produções recentes do Dr. Kons, durante seu período de doutoramento — orientado pela Dr.ª Detanico — auxiliaram nesse processo de aproximação da ciência ao judô. Este livro é certamente mais uma importante ação nesse sentido. Em linguagem clara e objetiva, porém sem perder o rigor, os autores apresentam o judô paralímpico de forma detalhada e bastante completa. Começando pelo histórico do judô e sua inserção no movimento paralímpico, apresentando suas classificações e regras, os capítulos avançam para aspectos essenciais no processo de preparação do paratleta, com informações sobre a incidência de lesões, a perda rápida de peso, as capacidades físicas determinantes de desempenho, o processo de avaliação física específica, e determinantes técnicos e táticos. Assim, este livro se torna o primeiro a tratar desses aspectos na literatura internacional e certamente servirá de base para aqueles que querem fundamentar suas tomadas de decisão em evidências científicas ou nas melhores evidências disponíveis. Neste sentido, o Brasil sai na frente quanto a este fator. Certamente, esta fundamentação, somada à tradição do país e à experiência dos treinadores do judô paralímpico, contribuirá de maneira expressiva para o aperfeiçoamento de processos de preparação de nossos paratletas.

Praticar judô é educar a mente a pensar com velocidade e exatidão, bem como o corpo obedecer com justeza. O corpo é uma arma cuja eficiência depende da precisão com que se usa a inteligência.

(Jigoro Kano)

1

A HISTÓRIA DO JUDÔ ADAPTADO

O contexto histórico do judô adaptado está relacionado a duas perspectivas históricas importantes: a história do judô com base nas artes marciais, e o início da prática esportiva para pessoas com deficiência. Sendo assim, antes de especificarmos os aspectos do judô adaptado, vamos abordar brevemente o contexto histórico do judô valendo-se das artes marciais japonesas, a história do esporte paralímpico, a história da Federação Internacional de Desportos para Cegos (Ibsa) e a história do Special Needs em relação ao judô.

1.1 Breve histórico do judô

O judô é uma arte marcial que nasceu no Japão e hoje é conhecida em todo o mundo como um esporte olímpico. Foi criado em 1882 por Jigoro Kano, combinando o *ju-jutsu*, uma forma de combate corpo a corpo, com elementos de disciplina mental (KANO, 2008).

Após anos de estudos e dedicação, a grande preocupação de Jigoro Kano era elaborar outro estilo de *ju-jutsu* que fosse capaz de explicar não apenas as fases de ataque e defesa de uma disputa, mas sobretudo elaborar um estilo que não se findasse apenas na execução de técnicas e preparo físico, mas avançasse à construção do caráter, da moral e da espiritualidade (SANTOS, 2014). Para isso, utilizou-se de filosofias e religiões para embasar essa nova arte marcial que ele denominou de judô (*ju* = suave; *do* = caminho).

A filosofia de vida embutida no judô teve influência de uma combinação dos conceitos do budismo, xintoísmo, confucionismo e taoismo, conceitos esses que fazem parte da cultura religiosa e filosófica do povo japonês (SANTOS, 2006, 2014). Desses conteúdos, foram criadas duas máximas e nove princípios que regem (ou deveriam) o processo de evolução e desenvolvimento físico, moral e espiritual de todo praticante de judô[1].

[1] Para mais informações sobre aspectos históricos e filosóficos do judô, sugere-se a leitura de: SANTOS, S.G. *Judô*: buscando o caminho suave. Florianópolis: Duplic, 2014.

Em 1882, com apenas 22 anos e características antropométricas de um jovem franzino, Jigoro Kano abriu a primeira escola de judô, chamada de Kodokan. Inicialmente, a sala possuía um total de 12 tatames, em um espaço alugado de um mosteiro budista em Tóquio. O número de praticantes aumentou rapidamente, e, em função disso, a escola teve de mudar de espaço por diversas vezes, até se estabelecer em um local fixo.

Após algum tempo de criação e prática constante do judô, a polícia e a marinha introduziram a modalidade como uma prática de defesa pessoal, assim como as escolas e universidades. Esse processo foi fundamental na perspectiva de auxiliar o judô a se expandir de forma expoente no país.

Em 1940 o judô seria incluído no programa dos Jogos Olímpicos a ser realizado em Tóquio, conforme a 34ª Sessão do Comitê Olímpico Internacional (COI) em Varsóvia, em 11 de junho de 1937. A ata da sessão dizia: "*O judô foi escolhido para a demonstração de um esporte nacional e o beisebol para a demonstração de um esporte estrangeiro*" (Kano, 2008). No entanto, o processo de "olimpização" do judô Kodokan estava enraizado, por um lado, na evolução do fenômeno esportivo nas sociedades ocidentais; e, por outro, na complicada situação política dos anos 1930-1940, o processo de olimpização não avançou. Foi então somente no ano de 1964, após muito esforço do fundador Jigoro Kano, que o judô se tornou um esporte olímpico, nos XVIII Jogos Olímpicos de Tóquio em 1964, e assim se tornou universal. A Federação Internacional de Judô (FIJ) reúne hoje mais de 200 federações nacionais e cinco uniões continentais, e está presente nos Jogos Olímpicos até os dias atuais.

1.2 Histórico do esporte paralímpico

O esporte para atletas com deficiência existe há mais de cem anos, e os primeiros clubes esportivos para surdos já existiam em 1888, na cidade de Berlim. Somente depois da Segunda Guerra Mundial, no entanto, o esporte para pessoas com deficiência foi amplamente introduzido. O objetivo da época era ajudar o grande número de veteranos de guerra e civis que haviam sido feridos durante a guerra.

Em 1944, a pedido do governo britânico, o Dr. Ludwig Guttmann abriu um centro de lesões na coluna no Hospital Stoke Mandeville, na Grã-Bretanha, e, com o tempo, o esporte de reabilitação evoluiu para esporte recreativo e depois para esporte competitivo. Em 29 de julho de 1948, dia da Cerimônia de Abertura dos Jogos Olímpicos de Londres, Dr. Guttmann organizou a primeira competição para atletas em cadeira de rodas, que chamou de Jogos Stoke Mandeville, um marco na história do esporte paralímpico. Eles envolveram 16 militares feridos e mulheres que participaram do tiro com arco. Em 1952, ex-militares holandeses aderiram ao movimento, e os Jogos Internacionais Stoke Mandeville foram fundados oficialmente.

Os Jogos Stoke Mandeville mais tarde se tornariam o que conhecemos hoje como Jogos Paralímpicos, que ocorreram pela primeira vez em Roma, Itália, no ano de 1960, com 400 atletas de 23 países. Desde então, eles acontecem a cada quatro anos. Em 1976, os primeiros Jogos de Inverno da história dos Jogos Paralímpicos foram realizados na Suécia e, assim como os Jogos de Verão, ocorreram a cada quatro anos, incluindo uma cerimônia de abertura Paralímpica e cerimônia de encerramento Paralímpico. Desde os Jogos de Verão de Seul, na Coreia, em 1988, e dos Jogos de Inverno de Albertville, na França, em 1992, os Jogos também têm ocorrido nas mesmas cidades e nos locais dos Jogos Olímpicos, devido a um acordo entre o Comitê Paralímpico Internacional (CPI) e o Comitê Olímpico Internacional (COI).

Também em 1960, sob a égide da Federação Mundial de ex-militares, foi criado um grupo de trabalho internacional relacionado a esporte para pessoas com deficiência a fim de estudar os problemas do esporte para esse público em específico. Isto resultou na criação, em 1964, da International Sport Organization for the Disabled, que oferecia oportunidades para aqueles atletas que não podiam se filiar aos Jogos Internacionais de Stoke Mandeville, sendo estes na época: pessoas com deficiência visual, intelectual e física.

No início, 16 países eram afiliados à International Sport Organization for the Disabled, e a organização esforçou-se muito para incluir atletas com deficiência visual e física nas Paralimpíadas de Toronto, em 1976; e atletas com deficiência intelectual em 1980, em Arnhem. O seu objetivo era abranger todas as deficiências no futuro e atuar como um comitê de coordenação. No entanto, outras organizações internacionais voltadas para a deficiência, como a Cerebral Palsy International Sports and Recreation Association e a Federação Internacional de Desportos para Cegos, foram fundadas em 1978 e 1980, respectivamente, e auxiliaram nesse processo de inclusão de pessoas com deficiência no esporte. Em 22 de setembro de 1989, o Comitê Paralímpico Internacional foi fundado como uma organização internacional sem fins lucrativos em Düsseldorf, Alemanha, para atuar como o órgão global de governo do Movimento Paralímpico.

A palavra "paralímpico" deriva da preposição grega *para* (ao lado ou ao lado) e da palavra "olímpico", o que significa que os Jogos Paralímpicos são os Jogos paralelos às Olimpíadas e ilustra como os dois movimentos existem lado a lado.

1.3 Judô para pessoas com deficiência visual

O judô tornou-se o primeiro esporte de origem asiática a ser incluído nos Jogos Paralímpicos quando foi introduzido em Seul, no ano de 1988, com competições masculinas. De acordo com o IPC (2022), o britânico Simon Jackson tornou-se o primeiro campeão paralímpico de judô, competindo na categoria até 60 kg. O quadro de medalhistas da primeira participação do judô é apresentado no Quadro 1.

Quadro 1 – Classificação dos primeiros atletas medalhistas dos Jogos Paralímpicos de Seul 1988, na modalidade de judô

Colocação	Nome	País
1.º	Simon Jackson	Reino Unido
2.º	Mokoto Shinkawa	Japão
3.º	Jaime de Oliveira	Brasil
3.º	John Allen	Estados Unidos

Fonte: autores (2022)

Nos anos subsequentes (1992, 1996 e 2000), o número de participantes foi crescendo, no entanto apenas atletas do sexo masculino eram elegíveis para participar. Apenas no Jogos Paralímpicos 2004, realizado em Atenas, é que as atletas do sexo feminino foram incluídas ao programa. A francesa Karima Medjeded (categoria até 48 kg) conquistou o primeiro título feminino.

No Quadro 2 é apresentada a classificação da primeira categoria medalhista nos Jogos Paralímpicos de Atenas 2004, sexo feminino.

Quadro 2 – Classificação das primeiras atletas medalhistas dos Jogos Paralímpicos de Atenas 2004, na modalidade de judô

Colocação	Nome	País
1.º	Karima Medjeded	França
2.º	Karla Cardoso	Brasil
3.º	Viktoriya Potapova	Rússia
3.º	Astrid Arndt	Alemanha

Fonte: autores (2023)

Com o passar dos anos, o número de participantes foi crescendo nos Jogos Paralímpicos, e as nações construíam estruturas de treinamento para atletas de judô com deficiência visual. Com o aumento dos participantes e o nível se elevando, a competição foi se tornando cada vez mais disputada e acirrada entre os atletas ao longo dos anos. Na Tabela 1, é apresentado o número de participantes a partir dos Jogos Paralímpicos de Seul 1988.

Tabela 1 – Número de atletas que participaram da modalidade de judô para pessoas com deficiência visual dos Jogos Paralímpicos de Seul 1988 até os Jogos Paralímpicos de Tóquio 2020

Ano	Masculino	Feminino	Total	Países
1988, Seul	33	0	33	9
1992, Barcelona	52	0	52	16
1996, Atlanta	67	0	67	19
2000, Sydney	83	0	83	24
2004, Atenas	83	35	118	30
2008, Beijing	82	47	129	34
2012, Londres	82	46	128	30
2016, Rio	82	47	129	36
2020, Tóquio	80	56	136	41

Fonte: autores (2022)

Dentre os maiores medalhistas da história do judô nos Jogos Paralímpicos para pessoas com deficiência visual, desde o início da participação do judô em 1988 até os jogos de Tóquio 2020, destacam-se os seguintes atletas do sexo masculino (Tabela 2) e feminino (Tabela 3).

Tabela 2 – Ranking dos atletas do sexo masculino que obtiveram as melhores classificações ao longo dos Jogos Paralímpicos, na modalidade de judô

Colocação	Nome	País	Medalhas		
			Ouro	Prata	Bronze
1.º	Yanping Yuan	China	3	0	0
2.º	Brussig Ramona	Alemanha	2	2	0
3.º	Herrera Gomez Carmen	Espanha	2	0	0
4.º	Rodriguez Dalidaivis	Cuba	2	0	0
5.º	Brussig Carmen	Alemanha	1	1	1

Fonte: autores (2022)

Tabela 3 – Ranking das atletas do sexo feminino que obtiveram as melhores classificações ao longo dos Jogos Paralímpicos, na modalidade de judô

Colocação	Nome	País	Medalhas		
			Ouro	Prata	Bronze
1.º	Fujimoto Satoshi	Japão	3	1	1
2.º	Jackson Simon	Reino Unido	3	0	1
*3.º	AN Yu Sung	Coreia do Sul	2	0	2
4.º	Avila Sanchez E. Adrian	México	2	0	2
5.º	Zakiyev Ilham	Alemanha	2	1	2

*Critério de desempate baseado na idade

Fonte: autores (2022)

Com base nos dados apresentados, podemos evidenciar que o judô para atletas com deficiência visual tem crescido exponencialmente ao longo de muitos anos, tanto na perspectiva do número de atletas como no nível de competitividade entre estes. Atualmente, o judô para pessoas com deficiência visual é administrado pela Federação Internacional de Desportos para Cegos, a qual organiza as competições de nível internacional e trabalha junto ao Comitê Paralímpico Internacional.

O direcionamento histórico da Federação Internacional de Desportos para Cegos está diretamente ligado à década de 1980, quando houve um impulso crescente à promoção de esportes para pessoas com deficiências de forma geral. Isso começou na Grã-Bretanha em 1948, com os Jogos Stoke Mandeville para militares feridos e mulheres com deficiências físicas da

Segunda Guerra Mundial, notoriamente fundado pelo pai do Movimento Paralímpico, Dr. Ludwig Guttmann. Os Jogos continuariam a crescer em popularidade e atrairiam mais países e atletas com o passar dos anos. Os Jogos Internacionais Stoke Mandeville mais tarde se tornaram os Jogos Paralímpicos.

Em 1964, reconhecendo que havia muito mais pessoas com deficiências visuais, físicas e intelectuais que queriam competir no esporte, a Organização Internacional de Esportes para Deficientes foi fundada. Esta se tornou uma força crescente e pressionou fortemente pela inclusão de atletas cegos nos Jogos Paralímpicos de Toronto 1976. O *goalball* tornou-se o primeiro esporte para pessoas com deficiência visual no programa paralímpico.

Fundado em 1981, o primeiro congresso da Federação Internacional de Desportos para Cegos foi realizado na sede das Organizações das Nações Unidas (Unesco) em Paris, e contou com a presença de 30 países. A essa altura, o movimento estava crescendo por trás dos Jogos Paralímpicos para inclusão de novas modalidades esportivas. A Ibsa foi uma das quatro organizações que em 1982 formaram o Comitê Internacional de Coordenação de Esportes para Deficientes no Mundo, conhecido como ICC.

O status da Federação Internacional de Desportos para Cegos como pessoa jurídica foi então formalizado em 1985, com a adoção de sua primeira constituição durante a Assembleia Geral, realizada em Hurdal, Noruega. Três anos depois, o judô tornou-se o segundo esporte específico para pessoas com deficiência visual a ser incluído no programa Paralímpico em Seul, Coreia do Sul. O futebol para cegos (futebol de 5) completou o trio atual de esportes quando estreou em Atenas 2004.

Em 2006 a Federação Internacional de Desportos para Cegos comemorou seu 25.º aniversário. Para marcar a ocasião, foi criada uma logomarca especialmente desenhada e utilizada em diversos eventos da Ibas durante o ano. Um jantar de gala em homenagem aos presidentes foi realizado em Madri. A Ibas foi registrada no Conselho Nacional de Esportes da Espanha de março de 1996 até o início de 2014, quando o domicílio legal da federação foi transferido para Bonn, Alemanha. A atual constituição e os estatutos da federação também foram adotados após a mudança para a Alemanha. Em 2021, a Ibas comemorou seu aniversário de 40 anos com diversas atividades, que envolveram associados, atletas, dirigentes e esportes de todo o mundo.

O dinamarquês Jens Bromann foi o primeiro presidente da Federação Internacional de Desportos para Cegos, cumprindo dois mandatos de 1985 a 1993. O espanhol Enrique Sanz assumiu o cargo de 1993-2001, seguido pelo compatriota Enrique Perrez por quatro anos até 2005. Michael Barredo, das Filipinas, foi outro presidente por dois mandatos até 2013. A dinamarquesa Jannie Hammershoi, ex-jogadora de *goalball* e atleta paralímpica, foi eleita a primeira mulher presidente da federação em 2013 e serviu por dois mandatos, até 2021.

Hoje a Federação Internacional de Desportos para Cegos é a organização líder mundial para o desenvolvimento de esportes para pessoas com deficiência visual. Tem mais de cem membros em todas as regiões do mundo. A entidade é o órgão regulador dos esportes paralímpicos das modalidades de *goalball*, judô e futebol para cegos e é responsável por seus respectivos calendários de competição, antidoping, regras, governança e crescimento em todo o mundo. Além disso, controla outros esportes, tais como levantamento de peso, boliche de nove e dez pinos, xadrez e *goalball*. Embora estes não estejam no programa Paralímpico ou não incluam atletas com deficiência visual nos Jogos Paralímpicos, a Ibas trabalha para garantir que os atletas possam competir em uma ampla variedade de esportes e defende a sua inclusão nos Jogos Paralímpicos, em que cumprem os requisitos do Comitê Paralímpico Internacional.

Em outra perspectiva de participação de pessoas com deficiência, a Special Needs Judo Union é uma organização que possibilita a participação de pessoas com deficiência física e intelectual. O processo histórico da organização é diferente quando comparado ao do judô para pessoas com deficiência visual, como veremos a seguir.

1.4 Judô para pessoas com deficiência intelectual e física

O Special Needs Judo Union começou a surgir na década de 1960, na Holanda. Em 1963, Loek van Hal, *sensei*, professor de educação física de Haia, Holanda, iniciou aulas de judô para crianças com necessidades especiais. Logo sua turma se expande para crianças de todo o país, consequentemente estabelecendo os primeiros contatos internacionais. No ano de 1965, Van Hal foi um dos fundadores da Sportbelang Gehandicapt Kind (SGK), uma escola holandesa que tratava de assuntos relacionados ao esporte para crianças com deficiência e que até hoje é uma organização influente no país.

Na década de 1970, na Alemanha, o pediatra Dr. Khosrow Amirpour, como diretor médico do centro de diagnóstico do desenvolvimento de pediatria social em Wolfsburg, oferecia judô para as crianças com deficiência física que o procuravam como pacientes. O seu objetivo era dar às crianças incentivos no domínio da coordenação e fortalecimento muscular e assim oferecer uma alternativa/suplemento interessante da perspectiva do tratamento realizado na fisioterapia. Com base nessas perspectivas, Amirpour descobriu que, em muitas crianças, o tônus muscular melhorou, os problemas psicossomáticos desapareceram, a autoconfiança aumentou e a capacidade de coordenação também alcançou bons resultados.

Também na década de 1970, um treinador de Hamburgo, Alemanha, Reinhard Lötje, começou o judô em uma escola para alunos com deficiência visual, obtendo resultados incríveis em relação a satisfação e prazer ao realizar aquela prática. Ao mesmo tempo, o técnico suíço de judô Ricardo Bonfranchi trabalhava com adolescentes com dismelia, crianças que possuíam sinais de deficiência intelectual e déficit de aprendizagem. O técnico resume seu trabalho de tal forma que o judô pode fornecer benefícios importantes para todos os grupos de educação especial e, assim, contribuir para o desenvolvimento do desempenho físico e comportamental complacente e para a redução da agressividade.

Na década de 1980, reconheceu-se que havia muitos programas em execução em diferentes partes da Europa e que a necessidade de algum tipo de coesão e cooperação era necessária. Vários países começaram a desenvolver os seus próprios programas, e foi apenas no início dos anos 90 que vários profissionais em diferentes países europeus começaram a comunicar e a partilhar ideias e experiências. Os pioneiros que iniciaram a primeira colaboração nesse elemento do judô vieram principalmente da Alemanha, da Holanda, da Suécia, da Finlândia e do Reino Unido.

Nos anos de 1995/1996, um pequeno grupo de pessoas reuniu-se para compartilhar suas experiências, suas ideias e seus sucessos no desenvolvimento do judô com necessidades especiais e os benefícios que ele estava trazendo para as pessoas que o praticavam. O grupo consistia em Ben van der Eng, da Holanda; Tomas Rundqvist, da Suécia; Roy Court, do País de Gales; e Marita Kokkonen, da Finlândia. Juntos, eles estabeleceram uma aliança internacional chamada Judo 4 All. Os objetivos desse grupo, inicialmente, eram reunir pessoas com a mesma mentalidade e paixão por trabalhar com pessoas com deficiência no esporte, especificamente no judô, e com isto desenvolver oportunidades de competição, compartilhar ideias e histórias e aumentar a conscientização com intuito de desenvolver um programa inclusivo.

No início havia um pequeno número de países envolvidos no programa; e, com a dedicação e trabalho árduo dos envolvidos, os números começaram a crescer ano a ano. Com os países iniciais da Suécia, da Finlândia, do Reino Unido e da Holanda, o Special Needs judô começou a se desenvolver em grandes nações de judô, como França, Alemanha e Itália. Em 2000, o judô foi introduzido nos Jogos Olímpicos Especiais Europeus na Holanda, por Ben van der Eng. Nos Jogos Mundiais das Olimpíadas Especiais de 2003, na Irlanda, o judô estreou como esporte de demonstração com a participação de mais de 25 países. O movimento das Olimpíadas Especiais foi um catalisador para o judô Special Needs, já que tinha uma rede mundial já bem estabelecida.

Algumas das realizações mais memoráveis do programa inicial foram:

- Inclusão do judô nas Olimpíadas Especiais;
- Aumento do número de países participantes do Special Needs judô;
- Oportunidades estruturadas de competição;
- Desenvolvimento de regras de concorrência unificada;
- Estabelecimento de torneios nacionais e internacionais de alto nível;
- Desenvolvimento de treinadores aptos a trabalhar com pessoas com deficiência.

Com tanto trabalho feito e tantos objetivos alcançados, agora é hora de levar o programa para o próximo nível. Para tal, em fevereiro de 2017 foi criada outra organização internacional. A Special Needs Judo Union foi fundada por um grupo de profissionais altamente motivados e dedicados com uma vasta e variada base de conhecimento relacionado ao treinamento de pessoas com deficiência, arbitragem, desenvolvimento de atletas, gestão de negócios, administração, relações públicas/marketing e desenvolvimento de políticas.

2

ORGANIZAÇÃO E REGRAS DO JUDÔ ADAPTADO

As regras do judô para pessoas com deficiência visual, intelectual e física possuem muita semelhança com as regras da Federação Internacional de Judô, adaptando apenas alguns aspectos de acordo com o tipo de deficiência. Neste capítulo, vamos detalhar a estrutura de regras do judô para essas pessoas.

2.1 Regras competitivas no judô para pessoas com deficiência visual

Os critérios para atletas de judô com deficiência visual são iguais às normas da FIJ, com algumas pequenas adaptações devido as pessoas com deficiência visual e auditiva (IBSA, [2023]). No decorrer dos anos, as regras do judô, de maneira geral, têm sido amplamente modificadas (BARRETO *et al.*, 2021; CALMET *et al.*, 2017a, 2017b). Modificações como inclusão da revisão de vídeo, proibição de técnicas com pegada na perna, e variações nos tipos de quedas que levam a pontuações (IJF, [2022]). O judô para pessoas com deficiência visual segue as mesmas modificações do convencional, porém, com adaptações específicas com base na deficiência visual, foram feitas para um melhor equilíbrio dos combates.

O principal objetivo em uma luta de judô é desequilibrar e projetar o oponente usando uma variedade de técnicas específicas e/ou mantê-lo imobilizado no solo, podendo levar a sua desistência (no caso principalmente de técnicas de chaves e estrangulamentos). Uma projeção com o oponente de costas com controle e força recebe a pontuação máxima (*ippon*), resultando em vitória imediata (comparável a um nocaute no boxe). A uma projeção menor (por exemplo, lateralmente em vez de costas) é concedida meio ponto (*waza-ari*), com dois *waza-ari* somando um *ippon*. O judô envolve principalmente luta em pé, mas, após um arremesso malsucedido, os atletas podem continuar por um tempo limitado na luta no solo. A pontuação do *ippon* também pode ser marcada controlando o oponente na luta no chão, usando técnicas de imobilização, chaves de cotovelo ou estrangulamentos. Uma luta também pode ser decidida por penalidades (*shidos*), que são concedidas por infrações menores a regras vigentes (por exemplo, paralisar a luta ou sair da área do tatame). Se um atleta receber três penalidades, a luta terminará e o adversário será declarado vencedor. Uma luta oficial de judô acontece em uma área de 10 x 10 m, sendo a duração total dos combates de 4 minutos. Se a luta não for decidida no tempo regular, continua em pontuação de ouro indefinidamente até que um dos atletas marque um ponto ou receba uma terceira penalidade.

O judô para pessoas com deficiência visual é regido em nível internacional pela Federação Internacional de Desportos para Cegos. As regras e os regulamentos do judô para pessoas com deficiência visual são, em grande parte, idênticos aos do judô convencional, permitindo as mesmas técnicas e usando o mesmo sistema de pontuação. No entanto, na modalidade convencional, uma peculiaridade importante é que os atletas iniciam a luta com 4 m de distância (aproximadamente) e, após o sinal de início do combate, direcionado pelo árbitro, eles se aproximam e realizam a pegada de acordo com seu perfil técnico e as estratégias táticas preestabelecidas. Vale destacar que, por meio de suas pegadas, os atletas podem tanto controlar seu oponente, impedindo-o de executar suas técnicas favoritas, quanto criar oportunidades de ataque para si mesmo. A disputa de pegadas é considerada, portanto, um dos mais importantes elementos táticos do judô convencional, especialmente no nível de elite (CALMET; MIARKA; FRANCHINI, 2010; KAJMOVIC; RADJO, 2014; SANTOS *et al.*, 2015).

No judô para pessoas com deficiência visual, os campos de visão são limitados, tornando a disputa de pegada mais complexa, principalmente na perspectiva de aproximação do oponente de forma individual. Sendo assim, para tornar o início do combate mais coerente, em vez de iniciar a luta com uma distância de 4 m, como no judô convencional, os atletas de judô para pessoas com deficiência visual iniciam cada sequência da luta com uma pegada padronizada com as duas mãos no oponente já posicionado (Figura 1). Essa adaptação se destina a acomodar melhor as pessoas com deficiência visual, reduzindo a necessidade de procura (visual) para segurar no *judogi*. Sempre que o árbitro interromper a luta no judô, os atletas são obrigados a retornar ao combate com a pegada estabelecida. Além disso, algumas alterações foram realizadas, principalmente pelo fato de o código de classificação ter sido alterado. A seguir serão destacadas as mudanças até o ano de 2021 e em seguida a partir do ano de 2022, com base na descrição da Federação Internacional de Desportos para Cegos.

Figura 1 – Posição de início do combate de judô para pessoas com deficiência visual

Fonte: autores (2022)

2.2 Área de competição

- A dimensão da área de competição é a máxima, conforme descrito pela FIJ, com uma medida de 10 x 10 m, com área de segurança de 3 m e 4 m, quando duas áreas de competição estiverem montadas adjacentes. A área de segurança deve ser de cor diferente da área de combate;
- Deve ser definida uma distância de 1 m entre a área de competição e qualquer objeto suscetível de ser atingido pelos atletas;
- O árbitro central guiará os competidores da borda do tatame para as posições em que os competidores devem iniciar e terminar o combate;
- O árbitro central deve posicionar os atletas no centro da área de competição, (aproximadamente 1,5 m de distância), com o árbitro central um passo atrás dos competidores, de frente para a tabela de pontuação;
- O competidor de *judogi* branco deve ser posicionado no lado direito do árbitro, obrigatoriamente; enquanto o competidor azul permanecerá à esquerda do árbitro.

2.3 Tempo de luta e especificidade do *judogi*

- Quatro minutos para homens e mulheres de todas as classificações;
- Todos os atletas classificados como J1 (totalmente cegos) terão um círculo vermelho de 7 cm de diâmetro na parte superior de ambas as mangas. O centro do círculo deve ser posicionado a 15 cm do ombro (Figura 2).

Figura 2 – Círculo vermelho no *judogi* na identificação de atletas totalmente cegos

Fonte: autores (2022)

2.4 Regras para árbitros participarem das competições

- Os candidatos a árbitro da Federação Internacional de Desportos para Cegos devem ser árbitros em atividade também da FIJ;
- A seleção para o Campeonato Mundial da Federação Internacional de Desportos para Cegos e eventos conjuntos com a FIJ será em colaboração com a comissão de arbitragem da FIJ;
- Para Campeonatos Mundiais, Jogos Mundiais, Jogos Paralímpicos, o árbitro será indicado pela comissão de arbitragem da FIJ;

- O árbitro que participar de uma competição da Federação Internacional de Desportos para Cegos deve obrigatoriamente participar de um seminário sobre as regras específicas;
- Para Campeonatos Continentais, cada país pode enviar dois árbitros com licenças da FIJ, sendo estas de nível internacional (FIJ A) ou continental (FIJ B), e uma licença da Federação Internacional de Desportos para Cegos.

2.5 Posição e responsabilidades dos árbitros

- O árbitro e os juízes devem certificar-se de que a superfície do tatame está em conformidade com as normas de segurança da Federação Internacional de Desportos para Cegos;
- Um árbitro central deve estar sempre presente na área de combate, protegendo e auxiliando os competidores com deficiência visual durante a luta;
- A competição será assistida por um sistema de vídeo operado pelos dois árbitros fora da área de competição e com a presença de um membro da comissão. A comissão ou o diretor-geral de arbitragem intervirá apenas quando houver um erro que precisa ser corrigido ou quando considerarem necessário;
- O árbitro central deve guiar ambos os competidores da borda do tatame para suas posições designadas dentro da área de competição, um de frente para o outro (Figura 3);
- Os árbitros estarão em seus respectivos assentos, no controle da mesa, monitorando a luta e operando o sistema de vídeo;
- No fim do combate, após o árbitro declarar o vencedor e os concorrentes derem o habitual comprimento, o árbitro central deve guiar ambos os competidores de volta à beira do tatame, onde um assistente de escolta ou seu treinador os receberá (Figura 3).

Figura 3 – Posição correta de deslocamento do atleta pelo árbitro

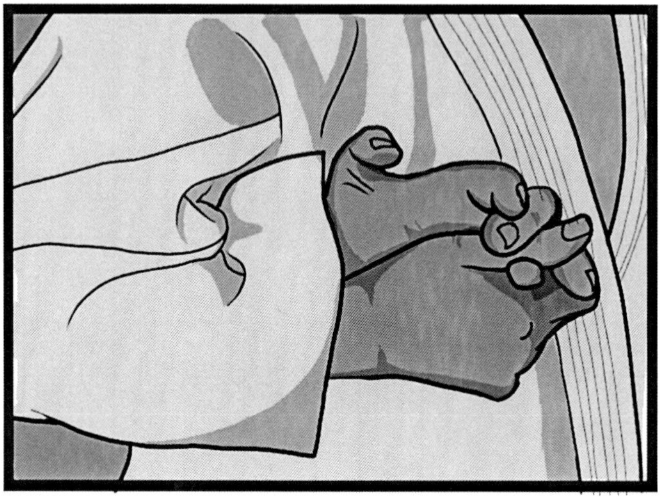

Fonte: autores (2022)

As formas incorretas de guiar os atletas pelo árbitro estão apresentadas nas Figuras 4 e 5.

Figura 4 – Posição <u>incorreta</u> de deslocamento do atleta pelo árbitro

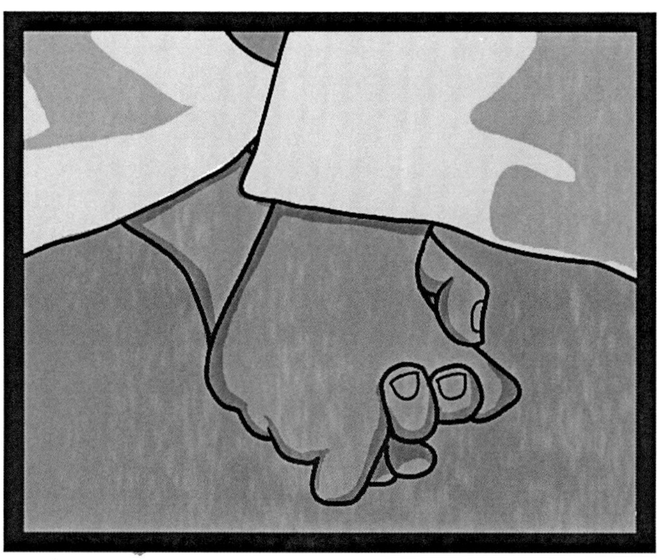

Fonte: autores (2022)

Figura 5 – Posição incorreta de deslocamento do atleta pelo árbitro

Fonte: autores (2022)

2.6 Guiando o atleta J1 para o início do combate

- Apenas os atletas J1 precisam de auxílio para ser guiados até o início do combate;
- Árbitro e atletas curvam-se juntos e caminham direto para a posição inicial.

2.7 Guiando o atleta J2 para o início do combate

- A princípio, o J2 caminha (sem necessidade de guia) ao lado do árbitro até a posição inicial. Se o J2 requer guia, o árbitro pode auxiliar;
- Árbitro e atletas curvam-se juntos e caminham direto para a posição inicial.

2.8 Início do combate

- O árbitro ficará em frente ao *Joseki* (mesa de placar, onde os árbitros externos e os mesários estão posicionados);
- Posição dos competidores (esquerda e direita ao lado do árbitro principal);

- Controle dos atletas pelo braço;
- Cumprimento juntos.

2.9 Posição inicial e *Kumi-Kata* (pegada)

- Ambos os atletas estão na posição inicial;
- O árbitro indica o *kumi-kata*, e ambos os atletas darão um passo à frente para agarrar o *judogi* um do outro com as duas mãos (apenas para pegada, e não para início da luta) (Figura 6);
- A posição de uma das mãos segura na manga; e a outra, na lapela oposta (entre a clavícula e a ponta do esterno);
- É proibido estabelecer a pegada na região do pescoço ou ombro;
- Ambos os atletas têm a responsabilidade de permanecer na posição inicial correta;
- O árbitro dá assistência para encontrar a posição correta dos pés e a direção certa para alcançar o *kumi-kata*;
- Se um dos atletas não usar a posição correta da perna, o árbitro poderá ajudar a fazer uma correção, mas apenas uma vez durante toda a luta;
- Se a posição inicial não estiver correta novamente, o atleta será punido com *shido*.

Figura 6 – Posição inicial do *kumi-kata* (pegada inicial no *judogi*)

Fonte: autores (2022)

2.10 Sinalização

- Cada vez que o árbitro central dá uma pontuação ou penalidade, além do sinal e dos termos convencionais, ele deve anunciar *SHIRO* (branco) ou *AO* (azul) para a direção da ação;
- Se o árbitro invalidar uma pontuação ou penalidade, o árbitro também deverá anunciar *SHIRO* (branco) ou *AO* (azul) de acordo com o atleta que perdeu a vantagem.

2.11 Situações durante o combate

- O árbitro deve ter o cuidado de ficar perto o suficiente dos atletas;
- Depois do *mate* (interrupção momentânea da luta), o árbitro acompanha ou orienta os atletas para suas posições iniciais (somente os atletas J1 com círculo vermelho ou os atletas que precisam ou desejam fazê-lo);
- Início do combate (*hajime*) e penalidades sempre serão dadas com base na posição inicial (para orientação);
- Se um dos lutadores estiver na posição de solo (ne-waza) e o árbitro tiver de pausar o combate (*mate*), o atleta deverá levantar-se sozinho.

2.12 Regras para os treinadores

- O treinador pode dar conselhos ao seu atleta durante toda a luta, mas apenas para orientação e segurança;
- Só é permitido que um treinador se sente na cadeira para instruções técnicas;
- Gritos e aplausos constantes do treinador não são permitidos. As regras para um comportamento respeitoso devem ser seguidas;
- Caso o técnico anuncie termos de arbitragem ou comentários ao árbitro ou comentários impertinentes ou contra o espírito do judô, o mesmo procedimento das regras da Federação Internacional de Judô será seguido.

2.13 Ajuste do *judogi*

- Durante o *mate*, os atletas devem ajustar seu *judogi*;
- Os treinadores devem aconselhar seus atletas a fazê-lo;
- Neste caso em específico, o árbitro estará ciente de que o atleta não pôde ajustar seu *judogi* durante o deslocamento.

2.14 Vitória por WO

- Após a primeira chamada, se um dos competidores estiver no tatame, uma chamada de intervalo será repetida em 30 segundos; após os próximos 30 segundos, o participante do tatame vencerá por *Fusen-Gachi* (WO).

2.15 Atenção especial

- Os atletas do grupo de J1 precisam de mais tempo para iniciar suas ações. A sensação do atleta do grupo de J1 é diferente no grupo do J2. O árbitro deve estar sempre ciente da situação do J1;
- Os árbitros estão autorizados a penalizar os competidores em todas as circunstâncias, especialmente quando o interesse ou proteção dos atletas com deficiência visual (parcial ou total) não for respeitado.

2.16 Atletas de judô com deficiência auditiva

- Atletas com deficiência auditiva devem usar um círculo amarelo na parte de trás do seu *judogi*. Esse círculo tem um diâmetro de 7 cm;
- Se ambos os atletas são pessoas com deficiência auditiva e J1, eles devem usar um círculo amarelo e um círculo vermelho nas costas do seu *judogi*;
- O árbitro deve auxiliar o atleta a se curvar aplicando uma leve pressão da mão entre os ombros (Figura 7);
- O árbitro deve ficar próximo ao atleta e anunciar o *REI*.

Figura 7 – Demonstração do toque para o início do combate

Fonte: autores (2022)

- Para anunciar *hajime*, o árbitro dá um toque na escápula do atleta com deficiência auditiva (Figura 8);
- Para anunciar o *mate*, o árbitro bate duas vezes no ombro (Figura 8).

Figura 8 – Demonstração do toque para o início do combate (*hajime*) e pausa (*mate*)

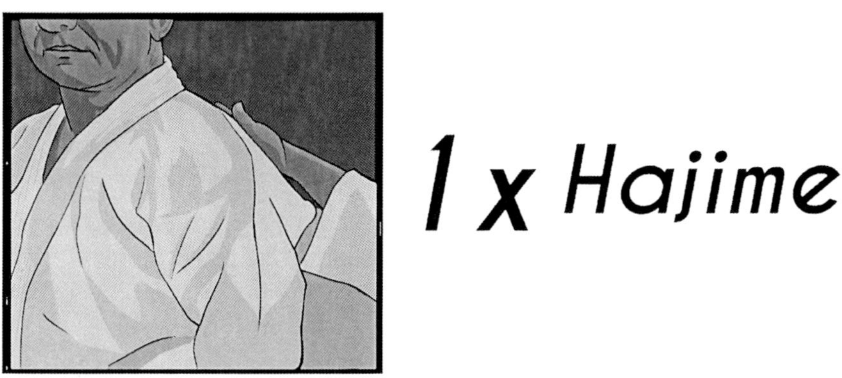

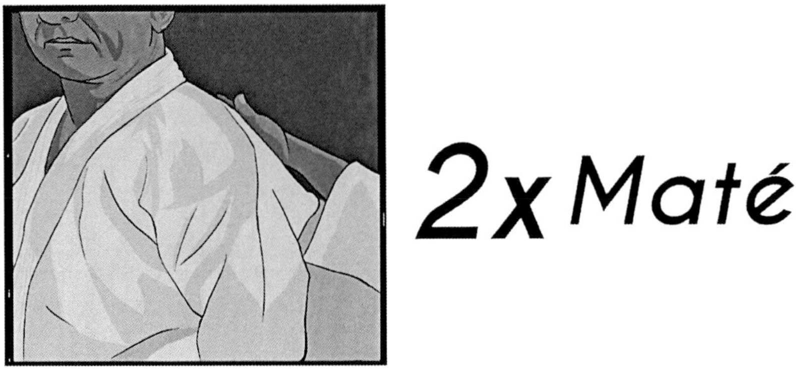

Fonte: autores (2022)

- Sinais de pontuação e empate são desenhados na palma da mão do atleta;
- No caso de *ippon*, o árbitro desenha um "I" (Figura 9);

Figura 9 – Demonstração da pontuação *ippon* com base na letra "I", na palma da mão do atleta com deficiência auditiva

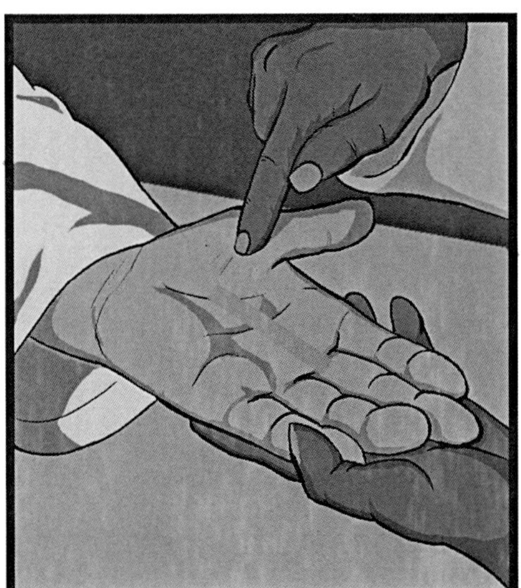

Fonte: autores (2022)

- No caso de *waza-ari*, o árbitro desenha um "W" (Figura 10).

Figura 10 – Demonstração da pontuação *wazari* com base na letra "W", na palma da mão do atleta com deficiência auditiva

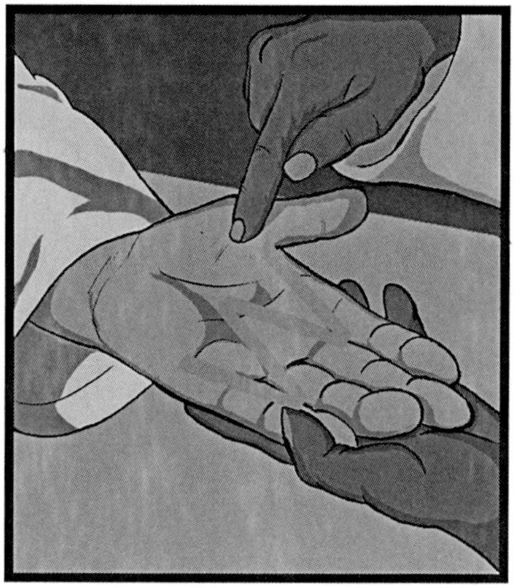

Fonte: autores (2022)

- Caso o placar seja cancelado ou uma penalidade seja aplicada, o árbitro assinará "X" (Figura 11).

Figura 11 – Demonstração do cancelamento de pontuação ou penalidade com base na letra "X", na palma da mão do atleta com deficiência auditiva

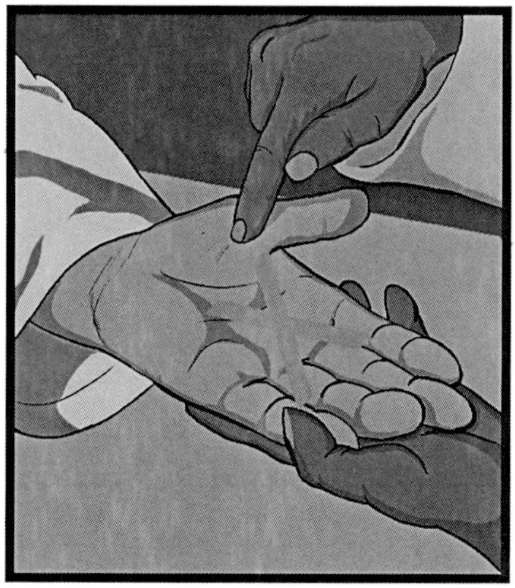

Fonte: autores (2022)

- Em caso de pontuação para o competidor com deficiência auditiva, o árbitro desenhará um "I" ou "W" na palma da mão do atleta e virando esse sinal em direção ao peito do atleta que fez a pontuação;
- No primeiro *shido*, o árbitro toca a parte superior da mão do atleta com o dedo indicador (Figura 12); e na segunda ele a toca com dois dedos (Figura 13).

Figura 12 – Demonstração da primeira punição (*shido*) com o dedo indicador na parte superior da mão do atleta com deficiência auditiva

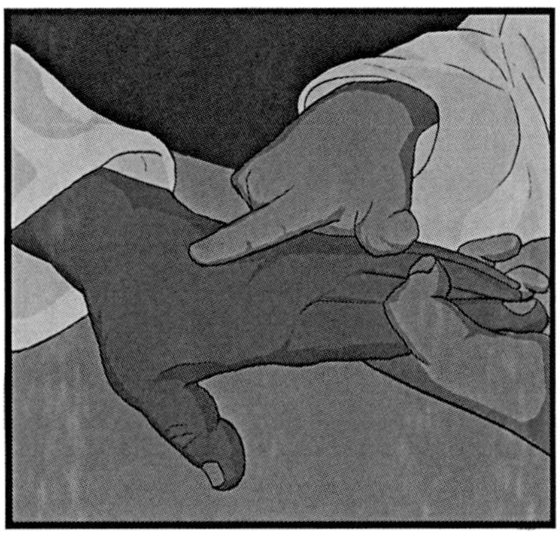

Fonte: autores (2022)

Figura 13 – Demonstração da segunda punição (*shido*) com dois dedos na parte superior da mão do atleta com deficiência auditiva

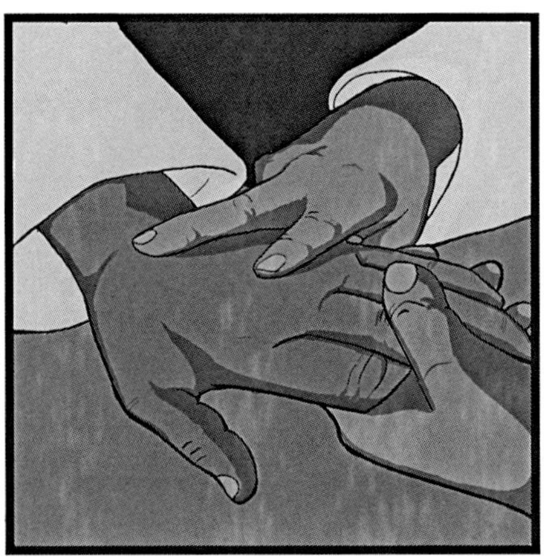

Fonte: autores (2022)

- No caso de *Hansoku-make* (eliminação), o árbitro desenhará um "H" na palma da mão (Figura 14).

Figura 14 – Demonstração da eliminação (*Hansoku-make*) com base na letra "H", na palma da mão do atleta com deficiência auditiva

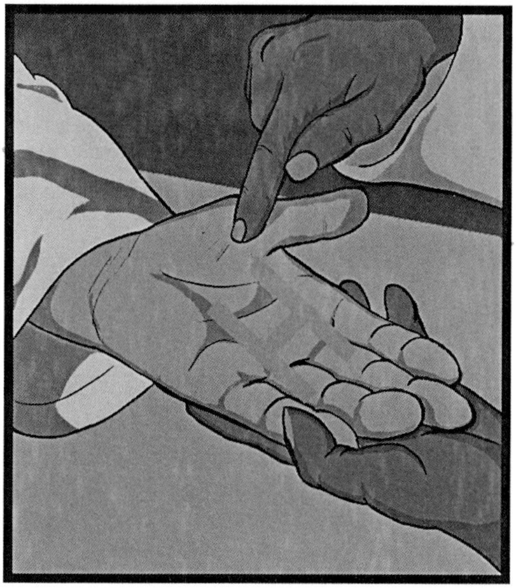

Fonte: os autores (2022)

- Os atletas com deficiência auditiva não podem ouvir o anúncio "*jogai*". Se o atleta é pessoa com deficiência auditiva e visual (J1), o árbitro geralmente não deve determinar *shido* para situações de saída da área de combate;
- Há exceção quando o atleta com deficiência auditiva está saindo da área de combate imediata e repetidamente sem ataque, e então o árbitro advertirá girando sua mão fechada na palma da mão do atleta. Isso significa que o atleta será penalizado na próxima vez;
- No caso de *shido* por saída de área, o árbitro dará o sinal-padrão para *shido* e desenhará com um dedo uma linha vertical do pulso aos dedos adicionalmente;
- Em certos momentos, é necessário controlar os competidores com deficiência auditiva para ficarem parados adicionalmente com as duas mãos na parte de trás da cabeça.

2.17 Judô para pessoas com deficiência intelectual e física

Estas regras para atletas com deficiência intelectual e física estão em vigor para todos os torneios de judô adaptado. Elas são uma adaptação direta das regras de judô estipuladas pela FIJ, que podem ser encontradas no site da FIJ. Neste caso, se alguma regra não for bem estipulada neste capítulo, prevalecerão as regras oficiais da FIJ.

2.17.1 Restrições

Uma pequena proporção de pessoas com síndrome de Down (de 10% a 15%) sofre de instabilidade entre a vértebra cervical C1 e as vértebras cervicais C2. Se essas regiões cervicais forem submetidas a extensão ou flexão, essa instabilidade, também conhecida como instabilidade atlantoaxial, poderá levar a lesões de gravidade severa. Os atletas com síndrome de Down e instabilidade atlantoaxial ou que têm compressão da medula espinhal devem, portanto, submeter-se a um prévio exame médico para estabelecer se suas vértebras cervicais estão em risco de compressão e se é seguro iniciarem a prática do judô.

2.17.2 Regras dos combates

As regras da competição aplicam-se tanto à competição individual como à competição em equipe. Os atletas são alocados nas categorias com base em idade, sexo, classificação e massa corporal.

a. Disputas

As disputas que podem ser anunciadas e realizadas em competições de judô para pessoas com deficiência estão descritas a seguir:

1. Competição individual;
2. Competição por equipe;
3. *Kata-tori* com deficiência, *uke* com ou sem deficiência.

Fica a critério dos organizadores do evento adorar as três estratégias ou optar por uma delas.

b. Divisão

A divisão é uma das partes mais importantes da competição; é aqui que começamos a garantir que o evento será uma experiência divertida e segura para todos os participantes. A divisão inicial já é feita via inscrição para o evento, em que cada treinador preenche informações relacionadas a:

- Sexo;
- Classificação específica do judô (varia de 1-5);
- Massa corporal;
- Idade.

Com as informações relacionadas às inscrições dos participantes, o organizador estabelece o primeiro conjunto de classes a ser avaliado durante a divisão dos grupos. Quanto mais baixo o nível de habilidade/capacidade, mais importante será a divisão. Organizadores e treinadores devem estar atentos a esses aspectos ao longo da competição.

As classes descritas nas regras da FIJ de judô só são observadas para as classes de nível 1 e 2, mas podem ser flexibilizadas a critério dos organizadores do torneio, especialmente no caso de torneios menores e com poucas inscrições. Os outros níveis têm as categorias de peso muito mais flexibilizadas para facilitar a combinação das várias classes e dos pesos e tornar as lutas mais iguais e justas.

c. Competição de *ne-waza*

1. As lutas de *ne-waza* são realizadas exclusivamente na postura *ne-waza* porque o judoca, por causa de uma deficiência, não pode atuar com segurança em *tachi-waza*;
2. A organização de uma competição deve deixar claro que haverá combates no solo em determinadas classes;
3. Um árbitro está autorizado a transformar uma luta de *tachi-waza* em uma luta *ne-waza*. O judoca que desencadeou essa decisão se apresentará em *ne-waza* ao longo da competição;
4. As técnicas de inclinação que levam *uke* a pousar de costas ganharão uma pontuação de acordo com o regulamento do torneio da FIJ.

d. Posições iniciais

Em *tachi-waza*, há duas posições fundamentais para o início dos combates:

- Da forma usual, de acordo com o regulamento do torneio da FIJ;

- No caso em que um ou ambos os atletas sejam pessoas com deficiência visual associada a outro tipo de deficiência, ou alguma deficiência que prejudique a execução de um *kumi-kata* correto, o judoca vai curvar-se a 4 metros de distância. O treinador ou árbitro está autorizado a apoiar o atleta. Ao comando do árbitro, o atleta vai se aproximar do centro do tapete e executará o *kumi-kata* básico (manga, lapela). A partir desse momento, eles não mudarão de posição até que o árbitro anuncie o *hajime*.

Em *ne-waza*, a posição inicial pode ser diferente, dependendo dos seguintes procedimentos:

- O atleta entra na área de competição, quando necessário apoiado por um acompanhante, que pode ser o treinador ou o árbitro. O atleta faz o comprimento a 2 metros de distância; em seguida o árbitro anuncia o início da luta (*hajime*). Se o atleta tem algum de grau de acometimento visual associado a outra deficiência, a luta começa em *kumi-kata* básico. Nessa posição inicial, os joelhos de ambos os atletas devem estar nivelados, portanto nenhuma vantagem deve ser identificada nessa posição;
- Se um ou outro participante não pode usar uma perna para apoio, isto também não é permitido para o adversário (ou seja, ambos na mesma posição);
- Se qualquer um dos participantes não puder realizar a luta na posição de joelhos, o participante começará a luta na posição sentada. Nesse caso, os oponentes sentam-se um ao lado do outro em direções opostas, e o *kumi-kata* é somente estabelecido na manga do *judogi*;
- Se qualquer um dos participantes não puder atuar em posição sentada, ambos iniciarão o combate deitados, de frente um para o outro, em *kumi-kata* básico (manga e gola).

e. Ações proibidas

Além das ações proibidas conforme descritas nas regras oficiais da FIJ, no sistema de organização da Special Judo Union as seguintes técnicas também são proibidas, isto é, todas as formas de:

- Técnicas de sacrifício (*sutemi-waza*), incluindo *tani-otoshi* e variações das técnicas de "*makikomi*";

- Técnicas de chaves de braço (*kansetsu-waza*);
- Técnicas de estrangulamento (*shime-waza*);
- Técnicas de estrangulamento, travamento e retenção que envolvem segurar as pernas em uma posição triangular (triângulo e variações, por exemplo);
- Todos as técnicas executadas com um ou dois joelhos no solo (para a frente e para trás);
- Colocar pressão na cabeça, no pescoço ou na garganta do adversário;
- Em *tachi-waza*, é proibido executar *kumi-kata* ao redor da cabeça ou do pescoço do adversário. A mão não pode passar a linha central das costas;
- Em *ne-waza*, não é permitido fazer pressão sobre a cabeça ou sobre o pescoço. Em situações de *osaekomi* em que a *tori* está na posição *kesa*, não é permitido colocar a mão ou o braço sob a cabeça ou o pescoço de *uke*;
- Não é permitido empurrar o oponente para trás enquanto estiver na posição de joelhos;
- Liberar imediatamente o *kumi-kata* após o sinal de *hajime* durante as lutas com uma posição inicial modificada;
- Em combates de *ne-waza*, é proibido levantar o joelho para ganhar vantagem quando é acordado de antemão que isto não é permitido;
- As técnicas proibidas não serão pontuadas, e sempre que possível o participante prestes a executar a técnica será chamado antes que a técnica seja executada para garantir a segurança de ambos.

f. Punições

- As técnicas mencionadas no item "e) Ações proibidas" serão penalizadas com *Shido*;
- Todas as ações que vão contra o espírito do judô ou contra a segurança de qualquer um dos participantes serão penalizadas com *Hansoku-make* para proteger os judocas influenciados por esta ação;
- O árbitro pode considerar o nível, a deficiência, o tipo e a intenção da ofensa em sua decisão.

g. Regras para o *Judogi*

- Os auxílios são considerados todos os atributos fora do uniforme-padrão de judô, conforme descrito no Regulamento do Torneio;
- O *judogi* deve ser ajustado às limitações físicas do judoca, porém não deve ser um empecilho para o adversário executar o *kumi-kata*;
- É permitido o uso de meias e uma camiseta branca simples por baixo do *Judogi*;
- O uso de protetor bucal é permitido;
- O atleta portador de alguma deficiência mais atenuada não pode ter uma vantagem injustificada de auxílio durante os combates; a igualdade deve permanecer durante todo o combate.

h. Regras para o treinador/técnico

- Os treinadores e atendentes da área da saúde (médico ou fisioterapeutas) não devem opinar em relação a decisões da arbitragem;
- Em relação à instrução dos técnicos para os atletas, nos níveis 1 e 2, é permitida de acordo com as regras da FIJ, ou seja, somente durante o *mate*. No nível 3, é permitido comentários positivos encorajadores do treinador durante toda a competição. A parte de instrução técnica específica é permitida somente durante o *mate*. Nos níveis 4 e 5 (ver classificação no capítulo 3), é possível incentivar de forma mais abrangente os atletas, considerando o respeito ao adversário.

i. Regras da competição de *kata*

Nas competições de *kata*, os árbitros levarão em conta os seguintes parâmetros para avaliar o desempenho dos participantes:

- Deve ser tão normal quanto possível, adaptado quando necessário;
- O *kata* deve ser baseado em uma forma *kata* existente;
- Atenção aos ajustes no *kata*;
- Qualidade de execução das técnicas;
- Controle de *tori*;
- Desenvolvimento das técnicas.

As ações e os movimentos de *uke* só podem ser julgados de acordo com os pontos "qualidade de execução" e "controle de *tori*".

Por fim, destacamos que estas regras podem ser utilizadas na construção e organização de competições para praticantes de judô com deficiência visual, intelectual e física, e as regras também servem para auxiliar o entendimento dos participantes iniciantes, telespectadores, treinadores e amantes do esporte em relação às ações/situações recorrentes em competições nos diferentes níveis.

3

EVIDÊNCIAS BASEADAS NA CLASSIFICAÇÃO ESPORTIVA: ASPECTOS GERAIS E ESPECÍFICOS DO JUDÔ

A classificação funcional dos atletas é parte do atual sistema do esporte paralímpico em nível nacional e internacional (IPC, 2022). Trata-se de um painel contendo diversos itens referentes à classificação determinada, se um indivíduo atende aos critérios de elegibilidade para adequar-se ao esporte e, assim, participar de competições da modalidade em questão. O parâmetro inicial para a classificação de um atleta é o critério médico, o qual é dependente de diagnóstico, e com base nisto são considerados critérios baseados em parâmetros físico, intelectual e visual (IPC, 2017).

3.1 Classificação no judô adaptado no âmbito paralímpico

O principal objetivo da classificação nos esportes Paralímpicos é promover a participação no esporte de pessoas com deficiência e a equiparação entre os competidores, minimizando a desvantagem que pode ocorrer no resultado e ao longo de uma competição esportiva (TWEEDY; VANLANDEWIJCK, 2011). Se uma classificação específica do sistema, sendo ela física, intelectual ou visual, atingir esse objetivo, cada classe na qual cada atleta competirá deverá ser composta de atletas com diferentes deficiências que causam aproximadamente a mesma proporção de vantagem/desvantagem em um determinado esporte específico. Isso consequentemente criará uma estrutura para uma competição em que atletas que obtiverem sucesso em suas referidas provas/lutas serão aqueles que terão a combinação mais vantajosa de habilidades do referido esporte, relacionadas diretamente a parâmetros antropométricos, fisiológicos, neuromusculares e psicológicos que foram aprimorados durante o processo de treinamento (MANN *et al.*, 2021).

A classificação que não é válida ou realizada de maneira controversa representa uma ameaça significativa para as competições de nível nacional ou internacional (Jogos Paralímpicos ou competições mundiais) (TWEEDY; MANN; VANLANDEWIJCK, 2016). Nas categorias de elite, a legitimidade do indivíduo, o sucesso competitivo ou a conquista de um ótimo desempenho pode ser significativamente diminuído pela percepção de estar classificado na classe errada, com consequências pessoais e financeiras potencialmente adversas para o atleta. No nível de categoria de base, um sistema de classificação que é considerado injusto desencorajará a participação de pessoas com deficiência nos esportes, em vez de se alcançar o objetivo de aumentar essa participação (TWEEDY; VANLANDEWIJCK, 2011).

O IPC é o órgão governante global do movimento paralímpico, além de ser o organizador dos Jogos Paralímpicos de verão e inverno. O IPC reconhece a importância vital de sistemas de classificação transparentes e sustentáveis em todas as classes e modalidades esportivas que compõem o quadro dos esportes paralímpicos.

No ano de 2007, foi publicado o Código de Classificação do IPC (IPC, 2014), que declara explicitamente o compromisso com o desenvolvimento de sistemas de classificação baseados em evidências nas diferentes modalidades esportivas que fazem parte do programa paralímpico (MANN *et al.*, 2021).

As organizações que administram os esportes nos quais um atleta pode competir nos jogos paralímpicos são diferentes. Por exemplo, para esporte no qual atletas são pessoas com deficiência visual (incluem esportes como judô, futebol 5 e *goalball*), a organização fica a cargo da International Blind Sport Association (IBSA, [2023]). Ela é responsável pela condução da organização das regras, da competição e do processo de classificação, ao passo que, para atletas de outras modalidades paralímpicas, existe uma organização para cada modalidade. Podemos citar, por exemplo, a esgrima em cadeira de rodas, que é organizada pela International Wheelchair and Amputee Sports Federation; e o Para-taekwondo, organizado pela World Taekwondo Federation. Em grande maioria, os esportes paralímpicos têm um órgão único que organiza apenas uma modalidade, diferentemente dos esportes em que há somente a especificidade da visão, nos quais participam apenas atletas com deficiência visual, e são organizados pela Federação Internacional de Desportos para Cegos (IBSA, [2023]).

Vale ressaltar que pessoas com qualquer um dos dez tipos de deficiência são elegíveis para participar do esporte paralímpico, cujas modalidades são organizadas pelas diferentes organizações mundiais. Essas deficiências são: deficiência visual, intelectual e física. A deficiência física é subdividida em: hipertônica, ataxia, atetose, potência muscular prejudicada, amplitude de movimento passiva prejudicada, deficiência dos membros inferiores ou superiores, diferença de comprimento das pernas e, por fim, baixa estatura. Todas estas deficiências fazem parte do programa de esporte paralímpico, e cada atleta é alocado ao esporte específico e classificado. Os oito últimos são considerados coletivamente como deficiências físicas. Embora as pessoas possam ter diferentes tipos de deficiência visual e intelectual, até o ano de 2021 não existiam classes separadas de acordo com o grau de acometimento destas duas deficiências.

Cada uma das organizações governantes possui um compromisso oficial de política para garantir que os sistemas de classificação pelos quais são responsáveis atendam aos requisitos do Código de Classificação do IPC, no entanto a extensão em que esse compromisso foi cumprido varia de esporte para esporte. Por exemplo, o Código de Classificação do IPC e o Posto de Posição exigem que cada esporte paralímpico desenvolva seu próprio sistema de classificação, chamado de classificação específica do esporte (IPC, 2007; TWEEDY; VANLANDEWIJCK, 2011). Esse requisito se baseia no princípio de que uma deficiência de qualquer tipo, gravidade e local pode causar uma desvantagem relativamente pequena em um esporte, porém significativa no desempenho.

A exemplo disto, é provável que um atleta com amputação total da perna tenha um impacto menor no desempenho da natação (devido à utilização dos membros superiores) do que quando se corre uma maratona. Com base nesses aspectos é que a maioria dos esportes paralímpicos possui sistemas de classificação desenvolvidos especificamente para o seu esporte, com a exceção notável de esportes projetados para atletas com deficiência visual, nos quais essencialmente o mesmo sistema é usado como base para a classificação (no caso, o judô). Resumidamente, para os 12 esportes disputados por atletas com deficiência visual, tanto a determinação da elegibilidade quanto a subsequente alocação da classe de competição (se relevante) são baseadas no mesmo nível de acuidade visual (uma medida da clareza da visão) ou campo visual (uma medida da visão periférica) (MANN; RAVENSBERGEN, 2019), independentemente do esporte. Nesse sentido, esses sistemas de classificação não são claramente específicos para o esporte, portanto o esporte não é compatível com o Código de Classificação ou o Suporte de Posição (IPC, 2022).

Considerando estes aspectos, uma das prioridades de pesquisa do Centro De Pesquisa e Desenvolvimento de Classificação para Deficiência Visual é facilitar o desenvolvimento de sistemas específicos do esporte para classificar a deficiência visual. Por exemplo, pode ser razoável esperar que, devido às exigências visuais contrastantes de diferentes esportes, mesmo um nível leve de comprometimento da acuidade visual possa ter um impacto significativo no desempenho em alguns esportes (por exemplo, futebol) (CHUN *et al.*, 2019; CHUN; CREESE; MASSOF, 2021), mas tenha menor impacto sobre os outros (por exemplo, natação e judô) (KRABBEN *et al.*, 2019). Os sistemas de classificação específicos do esporte refletiriam a importância relativa da acuidade visual nesses esportes. Em resumo, há uma variedade de esportes paralímpicos, e os tipos de deficiência elegíveis para esses esportes variam consideravelmente (IPC, 2022).

Embora os esportes tenham um compromisso político de implementar sistemas de classificação compatíveis com o Código de Classificação, há exemplos claros de discrepâncias entre os sistemas de classificação usados atualmente e os requisitos do Código. De fato, o aspecto da conformidade com o Código que é mais desafiador e que nenhum esporte paralímpico alcançou completamente é o requisito para que um sistema de classificação seja baseado em evidências. A principal razão para esse aspecto da não conformidade é que as evidências necessárias para desenvolver esses sistemas não estão disponíveis; consequentemente, pesquisas científicas são demandadas (MANN *et al.*, 2021).

No passado, havia incerteza sobre o nível de pesquisa necessário para um esporte desenvolver um sistema de classificação baseado em evidências. Em um esforço para superar isso, pesquisadores de diferentes universidades do mundo desenvolveram um método aplicável relacionada ao sistema de classificação no esporte paralímpico. A Figura 15 apresenta um fluxograma incorporando seis caixas em negrito (rotuladas como Etapa 1, 2, 3a, 3b, 4 e 5), cada uma das quais representando uma etapa essencial para desenvolver sistemas de classificação baseados em evidências. Essas etapas são baseadas nos princípios articulados no *Stand* de posição e elaboradas em um esquema publicado anteriormente com foco nos procedimentos necessários para a classificação de deficiências física, intelectual e visual (TWEEDY; BECKMAN; CONNICK, 2014).

Figura 15 – Fluxograma das diferentes etapas para desenvolver sistemas baseados em evidências na classificação do esporte paralímpico

Fonte: adaptado de Mann e Ravensbergen (2018)

Em geral, o processo é sequencial, começando na Etapa 1 e exigindo a conclusão de cada etapa antes que o trabalho na próxima etapa do processo possa ser iniciado. A Etapa 1 exige que os pesquisadores identifiquem o esporte no qual a pesquisa se concentrará, bem como o(s) tipo(s) de deficiência que a pesquisa visará classificar para esse esporte. A Etapa 2 requer o desenvolvimento de um modelo teórico dos determinantes do desempenho no esporte selecionado. As próximas duas etapas — 3a (desenvolver medidas válidas de deficiência) e 3b (desenvolver medidas padronizadas e específicas do esporte nos determinantes do desempenho naquele esporte) — não precisam ocorrer em ordem específica. No entanto, ambas as etapas devem ser concluídos antes da Etapa 4, em que é feita uma avaliação de associação entre as medidas válidas de deficiência e as medidas específicas do esporte na qual são determinantes do desempenho. A etapa final, Etapa 5, requer uma análise dos resultados obtidos na Etapa 4, e, dependendo da análise realizada, os resultados podem informar o estabelecimento de um sistema baseado em evidências para definir os critérios mínimos de deficiência e o número mais adequado de classes esportivas. Além disso, auxiliará nos processos metodológicos detalhados para alocar atletas em classes com base em quanto cada deficiência pode afetar o desempenho no esporte de interesse. Esses novos sistemas de classificação baseados em evidências fornecerão um meio defensável, transparente e reprodutível de alcançar o objetivo da classificação, sendo esta: minimizar o impacto de uma deficiência elegível em demandas específicas do esporte.

A tarefa de classificar as deficiências de acordo com a dificuldade que elas causam em um determinado esporte paralímpico geralmente começa com a identificação de um esporte-alvo. Feito isso, as deficiências-alvo devem ser identificadas, sendo estas física, intelectual e visual. Conforme indicado na Etapa 1, no desenvolvimento de estudos de classificação no esporte paralímpico, essa etapa fará a principal e mais direta contribuição para o desenvolvimento da classificação baseada em evidências nos esportes paralímpicos atuais. Esse direcionamento investigará as deficiências que são selecionadas com base nos dez tipos de imparidade que são elegíveis para o esporte paralímpico, os quais se distribuem em imparidades física, intelectual e visual. Nessa etapa, destacam-se os estudos de opiniões de especialistas, em que se procura esclarecer quais devem ser os tipos de deficiência elegíveis nas modalidades. Esta abordagem foi realizada recentemente por Krabben *et al.* (2019) com atletas, treinadores e especialistas na área do judô para pessoas com deficiência visual.

Na Etapa 2, uma perspectiva deve ser garantida para que os pesquisadores adotem uma abordagem sistemática a fim de entender quais fatores são mais importantes para o desempenho de elite no esporte específico. Os resultados dessa etapa fornecem informações críticas para as etapas subsequentes (3a e 3b) em termos de estabelecer quais medidas de deficiência e desempenho são necessárias. Com base nisso, dois pontos importantes devem ser considerados:

- Determinar como o desempenho esportivo é avaliado e identificar a atividade ou as atividades específicas que um atleta tem de realizar na prática do esporte;
- Identificar os fatores que determinam o desempenho geral nesse esporte (ou suas principais atividades). Normalmente, incluem-se fatores neuromusculares (por exemplo, força de diferentes grupos musculares de forma individual e amplitude de movimento necessária para o movimento específico do esporte), antropométricos, fisiológicos, visuais, psicológicos, técnicos e táticos.

Tendo identificado as deficiências a serem classificadas (Etapa 1) e os determinantes físicos, visuais ou intelectuais relevantes do desempenho esportivo (Etapa 2), medidas apropriadas da deficiência são necessárias. Antes de prosseguir, é importante reconhecer que o termo "medidas de deficiência" é usado para facilitar a comunicação, mas que, obviamente, não é possível mensurar uma perda ou ausência diretamente com base na deficiência em si. Em vez disso, o comprometimento deve ser inferido com base no conhecimento de estruturas e funções corporais intactas e intactas. Alguns aspectos relacionados às mensurações nesta etapa podem ser destacados como:

- Específico para a deficiência de interesse (ou seja, medir diretamente uma das dez deficiências elegíveis);
- Aspectos de reprodutibilidade e validade;
- Precisão;
- Medidas quantitativas;
- Tipos de treinamento;
- Escalas de proporção.

Tendo identificado tanto o esporte alvo (Etapa 1) quanto a atividade ou as atividades-chave que um atleta deve realizar (Etapa 2), os pesquisadores estão em condições de abordar a Etapa 3b; isto é, desenvolver medidas padronizadas, específicas do esporte, que quantifiquem individual ou coletivamente o desempenho. No posicionamento, tais medidas são referidas como medidas de limitação de movimento/atividade (TWEEDY; VANLANDEWIJCK, 2011).

A seleção do(s) teste(s) de desempenho apropriado(s) para um determinado esporte deve ser guiada por três princípios:

1. O resultado do teste deve ser altamente preditivo em relação ao desempenho geral no esporte paralímpico;
2. A medida de resultado deve ser sensível a diferenças nas medidas de comprometimento/deficiência;
3. Os fatores que não são classificados devem ter influência mínima ou devem ser estritamente controlados para uso de um desenho experimental apropriado.

Na Etapa 4, exploram-se os aspectos de associação entre parâmetros de desempenho físico-específico e medidas de deficiência no esporte paralímpico em curto prazo. Os testes devem ter um direcionamento de identificar uma possível associação estatisticamente significativa entre o tipo de deficiência e as medidas de desempenho específicas do esporte. Tendo isso em vista, esse protocolo pode estar sujeito a ser incorporado diretamente aos sistemas de classificação atuais e fortalecer as evidências sobre as quais decisões de classificação são tomadas. Uma série de considerações práticas determinará se isso é possível, sendo estas: o custo e a disponibilidade internacional de equipamentos (atualmente, a classificação deve ser realizada em locais de competição em todo o mundo), tamanho e transportabilidade do equipamento, manutenção e calibração do equipamento e implicações para o treinamento do classificador. Nos casos em que os pesquisadores investigaram a relação entre tipo de deficiência e desempenho usando instrumentos caros ou equipamentos altamente sofisticados para medir deficiência, haverá uma exigência de pesquisa translacional para desenvolver e validar métodos de avaliação mais acessíveis que possibilitam estratégias práticas e que possam ser prontamente incorporados à prática de classificação. Deve-se notar também que a incorporação de testes individuais nos sistemas de classificação atuais não levará a um sistema de classificação baseado em evidências. Para conseguir isto, é necessário atingir ainda a Etapa 5.

Um sistema de classificação claro baseado em evidências requer que métodos para avaliar cada um dos tipos de deficiência elegíveis para um determinado esporte ou evento tenham sido desenvolvidos (Etapa 3a) e que todos os testes tenham uma associação conhecida e quantificada com o desempenho esportivo (Etapa 4). A Etapa 5 é a última, levando a um sistema de classificação que possui um método baseado em evidências para determinar os critérios mínimos de deficiência, o número de classes necessárias e o método necessário para alocação de classes. Atualmente, não há esporte paralímpico em condições de realizar a Etapa 5, porém investigações acerca desta etapa têm sido evidenciadas ao longo dos últimos anos (MANN *et al.*, 2021).

Embora as pesquisas dentro das evidências baseadas na classificação tenham sido realizadas e algumas mudanças para a classificação específica do esporte tenha progredido em esportes que atendem a atletas com deficiência física e intelectual, a maioria dos esportes para atletas com deficiência de visual continua usando um sistema de longa data que emprega a mesma estrutura de classe, independentemente do esporte. Até pouco tempo atrás, os atletas do judô para pessoas com deficiência visual estavam alocados em uma das três classes esportivas diferentes (B1, B2 ou B3), em que se diferenciam com base no nível de acometimento da visão. Esses critérios foram desenvolvidos conforme as definições de baixa visão e cegueira da Organização Mundial da Saúde (OMS, 2004).

3.2 Evidências baseadas na classificação visual no judô: passado, presente e futuro

O sistema de classificação para atletas com deficiência visual e participantes das diferentes modalidades esportivas pertencentes ao sistema paralímpico foi avaliado por um painel de especialistas em 13 diferentes esportes das diferentes classes conforme definição da OMS (RAVENSBERGEN; MANN; KAMPER, 2016). Esses especialistas chegaram ao consenso de que os procedimentos de classificação esportiva para pessoas com deficiência visual existentes não atingem o objetivo de minimizar o impacto do comprometimento no desempenho, sendo a falta de especificidade do esporte a principal limitação. Posteriormente, um documento de posição específico para deficiência visual foi formulado e adotado pelo Comitê Paralímpico Internacional e pela Federação Internacional de Desportos para Cegos. Este posicionamento descreve as abordagens adequadas para a realização de pesquisas sobre a relação entre comprometimento da visão e desempenho nos esportes para pessoas com deficiência visual (MANN; RAVENSBERGEN, 2018). De acordo com as consultas dos especialistas, o estande de respostas dos esportes com deficiência visual ressaltou a necessidade da especificidade de cada modalidade esportiva para pessoas com deficiência visual, nas pesquisas relacionadas a classificação. As principais decisões específicas dos esportes de visão que precisam ser tomadas são: (*i*) quais aspectos da visão devem ser mensurados, (*ii*) como o desempenho deve ser mais bem mensurado no esporte em específico e (*iii*) sob quais condições os testes de visão devem ocorrer.

Dentro desta mesma perspectiva, os autores sugerem a inclusão de mais testes de visão para que a classificação seja realizada de uma forma correta e coerente. No Quadro 3 são apresentados a descrição desses testes de visão propostos para classificar atletas nos esportes de futebol 5, *goalball*, atletismo, natação e judô. Todos os testes levam em consideração critérios médicos para a realização da classificação e alocação dos atletas conforme as classes estabelecidas por cada modalidade, sem levar em conta a especificidade do esporte. Os testes de acuidade e campo visual são os utilizados no presente momento para a classificação dos atletas.

Quadro 3 – Descrição de alguns testes de visão propostos para utilizar na classificação de atletas com deficiência visual nos diferentes esportes Paralímpicos

Teste de visão	Descrição
Acuidade visual*	Uma medida da nitidez/claridade da visão.
Campo visual*	Uma medida da área da visão periférica com a qual um indivíduo pode ver (sem mover os olhos).
Percepção de movimento	Capacidade de estimar a velocidade e a direção de um objeto em movimento.
Acuidade visual dinâmica	Uma medida da nitidez/claridade ao observar um alvo em movimento.
Sensibilidade à luz	O impacto de luzes brilhantes na capacidade de enxergar claramente.
Coordenação ocular	A capacidade de ambos os olhos se moverem de maneira cooperativa.
Percepção de profundidade	A capacidade de perceber o mundo em três dimensões; por exemplo, estimar a distância de um objeto.
Sensibilidade ao contraste	A capacidade de distinguir objetos de um plano de fundo.
Visualizar cores	A capacidade de distinguir cores diferentes.
* Testes utilizados para classificar os atletas até 2021.	

Fonte: autores (2022)

Entre os esportes que são classificados com base nesses testes, o judô para pessoas com deficiência visual apresentava algumas controvérsias no seu processo de classificação (até 2021). Embora os atletas fossem alocados em uma das três classes B1, B2 e B3 (ver Tabela 4 para explicação das classes com base nos testes visuais utilizados), como na maioria dos outros esportes para pessoas com deficiência visual, durante a competição, todos os atletas competiam entre si, independentemente da classe alocada. Assim, efetivamente, o judô para atletas com deficiência visual possuía apenas uma classe esportiva, com todos os atletas competindo entre si, independentemente de serem parcial ou completamente cegos. Os atletas cegos não recebiam vantagens (pontos) durante a competição, mas recebiam pontos extras que iriam para classificação do ranking na lista mundial de classificação com base nos resultados de cada luta.

Tabela 4 – Critérios de classificação para atletas com deficiência visual de acordo com o regulamento da Federação Internacional de Desportos para Cegos até o ano de 2021

Classe	Acuidade visual (LogMAR)	Campo visual	Descrição
B3	1,0 até 1,4	Inferior a 20°	Acuidade visual limitada e/ou campo visual em ambos os olhos.
B2	1,5 até 2,6	Inferior a 5°	Acuidade visual e/ou campo visual severamente limitado em ambos os olhos.
B1	Inferior a 2,6	Não pode ser B1 com apenas a perda de campo visual	Um atleta pode distinguir apenas a luz da escuridão, ou não é capaz de perceber a luz.

Fonte: Krabben *et al.*, 2019

A lógica por trás dessa escolha histórica de ter uma única competição na qual atletas de todas as classes competem é que as adaptações às regras da competição no judô para pessoas com deficiência visual aumentam a probabilidade de que aqueles com mais acometimento não sejam prejudicados ao competir contra outros com menos acometimento (KRABBEN; VAN DER KAMP; MANN, 2017). No judô convencional, os atletas começam sua luta com aproximadamente 4 m de distância, e inicia-se uma disputa para uma melhor pegada no *judogi*; e após este contato começa o processo de ação para um tentar contrapor o outro. Devido às demandas visuais presumivelmente altas dessa luta pela pegada no *judogi* (PIRAS; PIERANTOZZI; SQUATRITO, 2014), os atletas com deficiência visual já iniciam os combates com a pegada preestabelecida no *judogi*.

No judô, alguns pesquisadores têm buscado, com base nestes aspectos, direcionar um novo sistema de classificação esportiva, a ser implementado dentro de alguns anos na modalidade de judô com deficiência visual, principalmente pensando no aspecto da desvantagem dos atletas visualmente mais acometidos. Esse levantamento tem sido realizado com o apoio do IPC justamente para tentar modificar ao longo dos anos as normas de classificação da modalidade para tornar o sistema de competição mais justo e acessível a todos os atletas.

Um primeiro ponto é relacionado à frequência de participação dos atletas das diferentes classes visuais nas competições oficiais de judô para pessoas com deficiência visual. Nesse sentido, Mashkovskiy, Magomedova e Achkasov (2019) analisaram cerca de 2 mil lutas de competições internacionais de atletas de judô com deficiência visual e descobriram que, quando um atleta B1 enfrentou um atleta B2 ou B3, atletas B1 venceram apenas 34,8 e 36,5% de suas lutas, respectivamente. Quando um B2 enfrentou um atleta B3, o atleta B2 venceu 50,6% das vezes. Esses achados parecem confirmar a preocupação de que atletas cegos são prejudicados quando competem contra oponentes com menor acometimento visual. No entanto, uma comparação das classes não foi suficiente até aquele momento para alterar a classificação. É necessário estabelecer novos critérios baseados em evidências fundamentados em pesquisas que relacionam diretamente a função visual e o desempenho esportivo específico a fim de determinar quantas classes esportivas são garantidas e quais devem ser os perfis visuais dessas classes (MANN; RAVENSBERGEN, 2018; TWEEDY; VANLANDEWIJCK, 2011).

Krabben *et al.* (2019) realizaram um estudo com especialistas que atuam na modalidade de judô para pessoas com deficiência visual, do qual participaram 18 atletas de judô de alto nível, três gestores, sete treinadores, dois classificadores e três árbitros com o intuito de responderem a questões relacionadas à opinião desses especialistas, divididas em 12 aspectos: (1) objetivo da classificação no judô para pessoas com deficiência visual; (2) critérios mínimos de desigualdade; (3) classes esportivas; (4) testes de visão utilizados para classificar os atletas; (5) impacto da visão no desempenho; (6) condições atuais dos testes de visão; (7) impacto da deficiência visual em diferentes categorias de peso; (8) impacto de uma deficiência congênita versus perda de visão adquirida; (9) utilização de vendas durante os combates; (10) deturpação intencional. Na Tabela 5 estão descritos os percentuais das opiniões dos especialistas com base em sim (estão de acordo com o sistema atual) ou não (não estão de acordo com o sistema atual).

Tabela 5 – Opinião dos especialistas referente a aspectos relacionados à classificação e ao desempenho do judô para pessoas com deficiência visual

Painel	Questão	Sim (%)	Não (%)	Parcial (%)
Objetivo da classificação no judô para pessoas com deficiência visual	A maneira como a deficiência visual é atualmente classificada no judô para pessoas com deficiência visual cumpre o objetivo de minimizar o impacto da deficiência visual nos resultados da competição?	17	61	22
Critérios mínimos de desigualdade	Mais pesquisas são necessárias para definir o nível mínimo de deficiência visual que diminuiria o desempenho no judô?	80	20	
Sistema de classificação atual para participar de competições de nível internacional	O atual sistema de pontos ajuda judocas com deficiência visual mais grave a se qualificar para os Jogos Paralímpicos?	81	19	
Testes de visão utilizados para classificar os atletas	Avaliação da acuidade visual e do campo visual como medidas únicas da função visual classificação dos atletas.	42	58	
Impacto da visão na performance (destacar o aspecto mais positivo e negativo durante os combates)	Aspectos do desempenho do judô importantes para vencer um combate.	Estratégias ofensivas no combate em pé (69)	Tentativas de entender o placar (25)	Outro aspecto (6)
Condições atuais dos testes de visão	Testar os atletas durante a competição (na área de combate, antes da luta oficial).	76	24	
Impacto da deficiência visual em diferentes categorias de peso	O comprometimento da visão poderia ter um impacto no desempenho dos atletas leves comparado ao dos pesados?	56	44	

Painel	Questão	Sim (%)	Não (%)	Parcial (%)
Impacto de uma deficiência congênita versus perda de visão adquirida	A idade em que a deficiência foi adquirida influência o desempenho de atletas durante a competição?	76	24	
Utilização de vendas durante os combates	O uso de vendas durante os combates seria uma maneira adequada para diminuir a desvantagem durante os combates?	31	69	
Deturpação intencional	Você acredita que alguns atletas estão deturpando intencionalmente seu nível de habilidade visual durante a classificação?	94	6	

Fonte: Krabben *et al.* (2019)

Os resultados da pesquisa demonstraram achados relevantes relacionados ao judô para pessoas com deficiência visual. Podemos notar alguns pontos-chave relacionados a pesquisas em relação ao critério mínimo de imparidade, as quais ainda precisam de mais evidências, considerando a modalidade de judô. No sistema de classificação dos atletas, nas competições de nível internacional e em função da classificação visual, alguns atletas acabariam em desvantagem e, por sua vez, não sendo classificados por já terem sofrido a derrota em território nacional. Por fim, na deturpação intencional, alguns atletas enganariam o sistema de maneira intencional para que fossem classificados como pessoas com deficiência visual e assim competissem com mais vantagem.

A utilização de vendas também é um ponto que merece ser destacado, embora as outras modalidades esportivas para pessoas com deficiência visual utilizem vendas durante as competições (MANN; RAVENSBERGEN, 2018), como o *goalball*, no qual existe o sistema de classificação exatamente igual ao do judô, porém todos os atletas utilizam vendas durante os jogos. A opinião dos especialistas parece não ir ao encontro da utilização da venda nos combates de judô. Segundo os especialistas, neste caso, os atletas com menor acuidade visual estariam em desvantagem, por não estarem adaptados à utilização da venda nos treinamentos e também pelo incômodo que esta poderia lhes causar na região ocular (KRABBEN *et al.*, 2019), embora já tenha sido evidenciado que a utilização da venda diminui a performance, quando comparada à de um combate sem venda (KRABBEN; VAN DER KAMP; MANN, 2017). No entanto, mais evidências devem ser levantadas, principalmente considerando estudos experimentais, para verificar a real influência destes aspectos na performance do judô.

Nesse sentido, alguns estudos experimentais foram realizados no intuito de identificar se o sistema de classificação atual é legítimo, considerando parâmetros de desempenho em competição e os resultados dos testes de visão. Krabben *et al.* (2020) objetivaram estabelecer pontos de cortes ideais com base nos graus de acometimento da visão em 296 atletas que participaram de competições de nível internacional. Com relação ao aspecto de desempenho, os atletas calcularam uma razão de vitória baseada no número de vitórias e no total de lutas. Os principais resultados mostraram que a acuidade visual foi significativamente associada ao desempenho do judô ($r = -0,33$, $p < 0,001$), demonstrando que atletas com pior acuidade visual possivelmente tenham sofrido mais derrotas nos combates em competição. Em relação ao campo visual, não foram encontradas correlações com a razão de vitória ($r = 0,30$, $p = 0,15$). Nesse aspecto do campo visual, os pesquisadores apontaram que esta medida foi realizada em um baixo número de atletas de judô ($n = 25$), enquanto a acuidade visual foi mensurada em todos os 296 atletas. Adicionalmente, os pesquisadores realizaram uma análise de diagrama de árvore de decisão (*decision tree analysis*), e o resultado sugeriu dividir os dados em dois grupos: (1) atletas com acuidade visual de 2,4 logMAR ou melhor (razão média de vitórias = 51%); e (2) acuidade visual pior que 2,4 logMAR (razão média de vitórias = 27%). Assim, surge uma possibilidade de realizar a classificação de atletas de judô em dois grupos, porém os pesquisadores destacam que eram necessários mais testes de visão para ajudar a compreender melhor o grau de acometimento de cada atleta.

Em um segundo estudo experimental dos mesmos pesquisadores, agora considerando mais testes de visão, Krabben *et al.* (2021a) objetivaram estabelecer a melhor combinação de medidas de diferentes testes de visão para incluir na classificação de atletas de judô com deficiência visual e explorar a associação entre os testes e o desempenho (razão de vitória). Os dados foram coletados em dois campeonatos continentais de judô paralímpico: o Campeonato Europeu de 2017 em Walsall (Reino Unido) e o Campeonato Pan-Americano em 2018 em Calgary (Canadá). Durante esses eventos, 52 atletas de judô foram recrutados. A função visual desses atletas foi analisada usando uma bateria de testes de visão, que consistia em sete medidas diferentes: acuidade visual, campo visual, sensibilidade ao contraste, percepção de movimento, busca visual, percepção de profundidade e sensibilidade à luz. As medidas foram realizadas considerando os dois olhos juntos, e a razão de vitória foi calculada considerando o número de vitórias/total de lutas na competição. Os resultados mostraram que a acuidade visual foi a que melhor se relacionou com a razão de vitórias (r = -0,33, p = 0,001). Para os outros testes, não foram encontradas correlações significativas com a razão de vitória, sendo o campo visual (r = 0,19, p = 0.40), sensibilidade ao contraste (r = 0,13, p = 0,39), percepção de movimento (r = -0.02, p = 0.89), busca visual (r = -0,13, p = 0,55), percepção de profundidade (r = 0,21, p = 0,30) e sensibilidade à luz (r = -0,02, p = 0,98). Os resultados deste estudo destacaram a importância da avaliação de acuidade visual como um dos principais testes para a classificação de atletas de judô com deficiência visual.

Na perspectiva de estabelecer um critério mínimo de desigualdade entre os atletas, Krabben *et al.* (2021b) realizaram um estudo em que foi manipulada a acuidade visual de 28 atletas de judô sem deficiência visual, com base em vendas que correspondiam a diferentes parâmetros de acuidade, sendo elas referentes a 0,7 LogMAR (sem influência), 1,0 LogMAR, 1,3 LogMAR e 2,1 LogMAR. Com isto, os atletas realizaram simulações de combates de judô em quatro tipos de situações, sendo mensurado o percentual de disputa de pegadas. A maior variação de disputa de pegada (ou seja, momento de maior dificuldade dos atletas) foi na situação em que eles usaram a venda com o efeito de 1,3 LogMAR, demonstrando que o critério mínimo de desigualdade pode ser estabelecido conforme a medida de acuidade visual em 1,3 LogMAR. Os autores recomendam então que a medida de acuidade visual baseada em 1,3 logMAR, seria o ponto em que atletas de judô com deficiência visual teriam sua capacidade de desempenho afetada, sendo este um ponto ótimo para classificar o atleta de judô como pessoa com deficiência visual.

Com base nesses estudos e outras investigações relacionando os níveis de deficiência visual e sua relação com o desempenho específico no judô (ver Capítulo 6), no ano de 2022 a Federação Internacional de Desportos para Cegos lançou um sistema de classificação esportiva específica para atletas de judô com deficiência visual buscando tornar as disputas mais igualitárias.

A partir disso, as novas regras de classificação destacam os seguintes pontos:

3.2.1 Critério mínimo de comprometimento

- A deficiência visual do atleta deve resultar em uma acuidade visual inferior ou igual a 1,3 logMAR; e/ou
- A deficiência visual do atleta deve resultar em um campo visual binocular restrito a um diâmetro de 60º ou menos.

3.2.2 Testes de visões

- Os testes visuais utilizados para a proposta de avaliação da acuidade visual são as tabelas do LogMAR para teste de acuidade visual à distância, com "E" analfabeto ou o teste de visão rudimentar de Berkele;
- O campo visual deve ser testado usando um estímulo Goldmann III 4e ou estímulo equivalente, como: perímetro de campo visual de Goldmann, analisador de campo Humphrey ou Octopus Interzeag. O software em perímetros automáticos deve ser para campos de alcance total (80º de diâmetro ou mais).

3.2.3 Classes esportivas

- **J1**: o nível de deficiência visual do atleta deve resultar em uma acuidade visual maior ou igual a LogMAR 2,6 na visão binocular;
- **J2**: a acuidade visual do atleta deve estar dentro de um intervalo entre LogMAR 1,3 e 2,5 com visão binocular, ou com um campo visual binocular de 60º ou menos de diâmetro.

3.2.4 Categorias de peso

As categorias de peso dos atletas também foram modificadas possivelmente visando a que um maior número de atletas esteja presente em ambas as classes visuais (J1 e J2), unificando, assim, categorias de peso, estabelecendo-se conforme a Tabela 6.

Tabela 6 – Categorias de peso definidas para as competições de judô a partir da instalação do novo sistema de classificação em 2022

Masculino		Feminino	
Classe J1	**Classe J2**	**Classe J1**	**Classe J2**
-60 kg	-60 kg	-48 kg	-48 kg
-73 kg	-73 kg	-57 kg	-57 kg
-90 kg	-90 kg	-70 kg	-70 kg
+90 kg	+90 kg	+70 kg	+70 kg

Fonte: autores (2022)

Apesar de esse novo sistema de classificação ser implementado para o judô, um acompanhamento mais detalhado sobre os efeitos desse sistema, principalmente considerando as competições e a frequência de participação dos atletas de judô, deve ser realizado. Além disso, investigações também devem ser conduzidas principalmente na busca de entender o comportamento e a adaptação dos atletas de judô nesse novo sistema de classificação e competição.

3.3 Classificação no judô para atletas com deficiência intelectual

No judô adaptado para pessoas com deficiência intelectual, o sistema de classificação é organizado pela Special Needs Judo Union (2018) com base nas especificações do Special Olympics (2020), organizado conforme níveis competitivos. Esses níveis são determinados comparando o nível de habilidade do atleta de judô, conforme sua deficiência, com o de um atleta de judô competitivo convencional (para o nível 1) ou de um atleta de judô recreativo convencional (níveis 2-5).

3.3.1 Nível 1

O nível 1 é um atleta de judô que pode atuar em um local de competição com um atleta competitivo. Esse atleta possui uma característica de ação física rápida, com bons níveis de potência, e tem uma excelente reatividade. Tem ainda um bom entendimento da luta de judô e uma excelente visão estratégica durante as lutas. Esse tipo de atleta é pessoa com deficiência mínima e, portanto, geralmente frequenta aulas de judô sem a necessidade de adaptação muito específica. Em geral, trata-se de atletas com alto funcionalismo e pessoa com leve deficiência física, visual ou auditiva, com alguns atletas com deficiência intelectual passando ao nível 2.

Os atletas classificados no nível 1 só podem competir contra outros atletas do nível 1. Entretanto, o organizador responsável pela competição pode, como exceção, permitir que um atleta de nível 2 compita em uma chave do nível 1. Isto deve ser sempre feito de acordo com o treinador de ambos os atletas. A segurança é sempre a primeira e principal consideração nessa classe.

3.3.2 Nível 2

O nível 2 é um atleta que pode realizar lutas em nível recreativo convencional. Esse atleta possui uma característica de ação física rápida, com bons níveis de potência, e tem um nível de reatividade moderada, mas geralmente demora em responder aos estímulos relacionados às situações de judô. Esse atleta tem um bom entendimento sobre as ações do judô, mas geralmente não tem uma estratégia tática eficaz.

3.3.3 Nível 3

O nível 3 é um atleta que pode realizar lutas em nível recreativo convencional de caráter lúdico com um atleta recreativo convencional. Ele possui uma característica razoável de ação física rápida, com bons níveis de potência, e tem uma reatividade razoavelmente desenvolvida, mas é quase sempre uma resposta tardia nas situações específicas do judô. A estratégia para esse atleta consiste em repetir uma técnica diversas vezes.

3.3.4 Nível 4

O nível 4 é um atleta que pode lutar e competir com outro atleta do mesmo nível ou de nível comparável. A reatividade é inferior à do nível 3. Normalmente, a única técnica de judô consiste em projeção leve, em forma de volante e posições de imobilização.

3.3.5 Nível 5

O nível 5 é um atleta que pode lutar e competir com outro atleta apenas do mesmo nível. É muito passivo e responde muito lentamente às ações do judô. É necessário um treinamento constante para ele conseguir realizar algumas situações de aproximação durante a luta. Na ocasião de existir uma situação de imobilização, por exemplo, os atletas desse grupo podem demorar certo tempo para perceber a imobilização, e depois disto tentar livrar-se dela.

Até o referido momento, somente um estudo procurou investigar o sistema de classificação do judô na modalidade de judô proposta pela Special Needs Judo Union. Morales Aznar *et al.* (2021) testaram a reprodutibilidade e a concordância do sistema de classificação desenvolvido para atletas que participam das competições da Special Needs Judo Union, por meio de uma consulta com seis avaliadores (especialistas), que analisaram 20 vídeos de competições oficiais de judô adaptado, correspondentes a uma das cinco categorias de classificação propostas. Dois métodos foram utilizados para quantificar o grau de concordância entre os avaliadores, sendo estes o Coeficiente de Correlação Intraclasse (CCI) e a análise do índice Kappa. Os principais resultados indicaram um excelente grau de reprodutibilidade e concordância entre avaliadores (CCI 0,91, Kappa 85% de concordância), mostrando que o sistema produz resultados consistentes com diferentes avaliadores e estabelecendo algo positivo na classificação proposta para atletas que participam das competições da Special Needs Judo Union.

4

PREVALÊNCIA E MAGNITUDE DE LESÕES NO JUDÔ ADAPTADO

Nos esportes de combate, mais especificamente no judô, uma elevada prevalência de lesões tem sido diagnosticada nos últimos anos. Isso se deve principalmente a dois aspectos: processo de treinamento e recuperação inadequado ou traumas durante as competições, os quais resultam em diversos tipos de lesões. Quando falamos de atletas de judô com algum tipo de deficiência, esses aspectos não são diferentes, mas, somadas a isso, algumas inseguranças na realização, principalmente, de ações de alta intensidade envolvendo as tarefas específicas do judô podem ser um fator complicador na prevalência de lesões.

4.1 Lesões nos esportes adaptados

No contexto dos esportes em geral, incluindo o esporte adaptado, atletas costumam realizar diversas ações de alta intensidade durante as sessões de treino e competição (FAGHER *et al.*, 2020). Vale destacar que a maioria das ações específicas nos esportes resulta em uma alta demanda energética e física para que o movimento possa ser realizado de forma correta. Assim, se a preparação física não estiver bem consolidada, em nível de adaptação do sistema neuromuscular, considerando razões de equilíbrio musculares e assimetrias, lesões musculoesqueléticas poderão ocorrer (FAGHER *et al.*, 2019, 2020).

Considerando modalidades de que atletas com algum tipo de deficiência participam, alguns cuidados precisam ser estabelecidos, uma vez que a falta da visão, a falta de um membro ou alterações na marcha modificam de forma direta a realização do gesto esportivo. Dessa forma, o processo de treinamento deve ser cuidadosamente planejado e bem realizado para que as adaptações corretas ocorram e, com isto, os atletas consigam desempenhar bem suas atividades motoras no âmbito esportivo.

Logicamente, com aumento no número de participantes, há aumento na frequência de participação dos atletas em competições, o que pode contribuir diretamente para um aumento no número de lesões. Sendo assim, algumas modalidades esportivas têm um risco de lesão mais elevado, principalmente considerando modalidade de contato direto com o oponente. Ferrara e Peterson (2000) destacam os seguintes esportes pertencentes ao programa paralímpico como alto e baixo risco de lesão (Quadro 4).

Quadro 4 – Classificação de risco de lesão em esportes pertencentes ao programa paralímpico

Classificação de risco	
Baixo risco	**Alto risco**
Atletismo	Ciclismo
Bocha	Hipismo
Esgrima em cadeira de rodas	Judô
Goalball	Futebol 5
Natação	Futebol 7
Para-*powerlifting*	Basquete em cadeira de rodas
Tiro com arco	Rugby em cadeira de rodas
Tiro esportivo	
Tênis	
Tênis de mesa	
Vela	

Fonte: Ferrara e Peterson (2000)

Dentre as modalidades de alto risco de lesão, destacam-se os esportes com contato direto com outro adversário ou que utilizam implementos que se movimentam em alta intensidade (por exemplo, bicicletas ou cadeiras de roda).

Nos Jogos Paralímpicos de Londres 2012, Willick *et al.* (2013) investigaram a prevalência de lesões de atletas que participaram da competição. Um total de 633 lesões foi identificado durante a realização dos Jogos, sendo um maior número para atletas do sexo masculino (n = 437) comparado ao do sexo feminino (n = 196), tendo uma maior prevalência para atletas na faixa de idade entre 26 e 34 anos. Ao identificar a prevalência de lesão por esporte, o maior percentual ficou com os atletas da modalidade de futebol de 5 (31,4%) *goalball* (27,3%), para-*powerlifting* (27,0%), esgrima em cadeira de rodas (25,3%), *rugby* em cadeira de rodas (25,3%), atletismo (22,1%), judô (21,7%), tênis em cadeira de roda ou tênis de mesa (17,9%), basquetebol em cadeira de rodas (16,8%), sendo o esporte com menor lesão o tiro esportivo (3%). Em relação ao local da ocorrência da lesão, a articulação do ombro foi a mais lesionada, considerando todas as modalidades.

Já Derman *et al.* (2018) descreveram a prevalência de lesões nos Jogos Paralímpicos Rio 2016. Nesse estudo, os autores avaliaram a prevalência de lesão de 3.657 atletas de 78 países diferentes (representando 83,4% do total de atletas participantes). Os resultados apresentaram um total de 510 lesões durante um período de 14 dias de competição, tendo como maior prevalência significativa o futebol de 5 (22,5%), o judô (15,5%) e o futebol 7 (15,3%), quando comparados aos outros esportes. Além disso, verificou-se que a região do complexo do ombro foi a mais lesionada durante os Jogos de 2016.

Estudos também foram direcionados para os Jogos Paralímpicos de inverno de 2018. Derman *et al.* (2018) investigaram a prevalência de lesões de 567 atletas de 49 países durante 12 dias consecutivos nessa competição. O monitoramento das lesões foi realizado segundo relatórios médicos disponibilizados de acordo com os países participantes. As modalidades participantes foram: para-snowboard, para-esqui alpino, para-*hockey*, para-esqui nórdico e o *curling* em cadeira de rodas. Um total de 142 (19,8%) atletas lesionaram-se durante a competição, sendo o para-esqui alpino o esporte com maior número de lesões (n = 39,21% do total de atletas), seguido pelo para-*hockey* (37,21% do total de atletas) e, por fim, pelo *curling* em cadeira de rodas (n = 5, 8% do total de atletas).

Considerando esses aspectos, podemos identificar que a competição mais almejada pelos atletas ao longo do processo de treinamento-competição, os Jogos Paralímpicos, tem apresentado uma alta prevalência de lesão. Na Tabela 7 é descrita de forma objetiva a prevalência de lesão de esportes de alto risco nos Jogos Paralímpicos de Londres 2012 e Rio 2016.

Tabela 7 – Prevalência de lesão de esportes de alto risco nos Jogos Paralímpicos de Londres 2012 e Rio 2016

Modalidade	Prevalência de lesões Londres 2012 (%)[a]	Prevalência de lesões Rio 2016 (%)[b]
Judô	**31,4**	16,5
Hipismo	**22,8**	9,9
Rugby em cadeira de rodas	**21,7**	16,7
Futebol 7	16,8	**18,8**
Basquete em cadeira de rodas	15,6	14,0
Futebol 5	13,0	**24,3**
Ciclismo	13,0	9,8

Fonte: [a]Willick *et al.* (2013); [b]Derman *et al.* (2018)

Com base no apresentado até o momento, podemos identificar que os esportes classificados como de alto risco possuem uma elevada prevalência de lesões e que acabam por se manter ao longo de quatro anos (ciclo paralímpico). Dentre as modalidades que apresentam elevados índices de lesão, podemos destacar o futebol de 5, o futebol de 7, o judô e os esportes que se utilizam de cadeira de rodas.

Outro ponto importante a assinalar são as regiões mais afetadas por lesão pelos atletas durante as atividades competitivas. Na Tabela 8 são apresentadas as principais regiões lesionadas com base nas edições dos Jogos Paralímpicos Londres 2012 e Rio 2016.

Tabela 8 – Prevalência dos locais de lesão nos esportes de alto risco nos Jogos Paralímpicos de Londres 2012 e Rio 2016

Região acometida por lesão	Londres 2012 (%)[a]	Rio 2016 (%)[b]
Ombro	17,7	20,5
Punhos e mãos	11,4	12,0
Cotovelo	8,8	4,5
Joelho	7,9	7,7
Tornozelo	6,3	10,0
Coxa	6,0	7,3
Coluna lombar	5,5	6,6

Fonte: [a]Willick *et al.* (2013); [b]Derman *et al.* (2018)

Considerando o apresentado, podemos ressaltar que atletas com deficiência apresentam alta prevalência de lesões, principalmente no ombro e nas regiões do punho e das mãos. Vale ressaltar que esportes de maior contato com os oponentes são os que mais apresentam prevalências de lesão. Dentre estes, podemos destacar o judô, o qual, nas últimas edições dos Jogos Paralímpicos, ficou com um percentual de 21,7% (edição Londres 2012) e 15,5% (edição Rio 2016) do total de modalidades participantes. Esses resultados demonstram que o judô adaptado tem uma alta prevalência de lesão durante as competições de alto nível, principalmente quando comparado a outras modalidades paralímpicas.

4.2 Lesões na modalidade de judô: aspectos relevantes

Antes de especificar a prevalência e de lesões no judô adaptado, uma visão exploratória em relação ao judô convencional deve ser levada em consideração. O que contribui para a alta prevalência de lesões no judô é o fato de ser um esporte de combate, de contato direto e com ações técnicas complexas. Pococo *et al.* (2013), em uma revisão sistemática relacionada às lesões em atletas de judô, destacam que a grande maioria das lesões em atletas de judô ocorre durante o combate em pé (85%), em comparação com as lutas de solo.

Nessa revisão, Pococo *et al.* (2013) exploram de forma ampla as regiões corporais de maior acometimento da lesão, o local (competição ou treinamento) e também comparações em relação ao sexo. Um dos destaques é que, durante os Jogos Olímpicos de 2008 e 2012, na modalidade convencional de judô, a prevalência de lesão ficou entre 11%-12%. De forma mais específica, os autores demonstram que entorses, distensões e contusões são os tipos de lesões mais comuns, as quais ocorrem principalmente nas articulações do joelho e do ombro, além dos dedos. Enquanto as projeções por ações do oponente foram os mecanismos de lesão mais comuns. A frequência de lesão grave foi baixa, e, quando encontrada, afetava o cérebro e a coluna, enquanto as lesões crônicas geralmente afetavam as articulações dos dedos, a região lombar e as orelhas.

Kim *et al.* (2015) investigaram a ocorrência de lesões de atletas de elite de Judô Olímpico da Coreia do Sul ao longo de quatro anos (preparação para os Jogos Olímpicos). Um total de 782 lesões foi identificado ao longo da temporada desses atletas, sendo a maior ocorrência de lesões nos membros inferiores (44,2%), seguida pelos membros superiores (29,8%), pelo tronco

(20,3%) e pela cabeça/pescoço (5,6%). Adicionalmente, atletas das categorias leves apresentaram maior taxa de lesão em comparação aos atletas das categorias mais pesadas, tanto para os homens quanto para as mulheres.

Na perspectiva de investigar a frequência de lesões ocorridas em competições ao longo de 15 anos, Blach *et al.* (2020) exploraram 128 competições do continente europeu, somando um total de 28.297 atletas. Os autores identificaram um total de 699 lesões ao longo desse período, sendo a maioria das lesões localizada nas articulações do joelho (17,4%), no ombro (16,7%) e no cotovelo (14,2%). As entorses (42,2%) foram o tipo de lesão mais frequente, seguida de contusões (23,1%) durante as competições. Ainda, foi encontrada, entre sexos, uma diferença significativa de lesões no cotovelo, sendo maior para mulheres em relação aos homens. Por fim, atletas das categorias pesadas apresentaram maior prevalência de lesões na região do joelho e do ombro, enquanto para a categoria leve a maior frequência de lesões ocorreu no cotovelo.

Portanto, tem sido evidenciada elevada prevalência de lesões nos atletas de judô, seja durante as sessões de treinamento (longo da temporada), seja durante as competições, tanto nos membros superiores (principalmente ombro) quanto inferiores (principalmente joelho). Diversos fatores podem contribuir para essa elevada taxa, entre eles: a) características da modalidade, ou seja, esporte de combate de grande complexidade, em que as ações de desempenho dependem de demandas físicas intensas, b) desequilíbrios e assimetrias musculares (DETANICO *et al.*, 2012; KONS *et al.*, 2021b), c) déficit bilateral de força (KONS *et al.*, 2022a), entre outras.

4.3 Lesões no judô adaptado

Com base no exposto até o momento, identificamos que a ocorrência de lesões em atletas com deficiência durante os Jogos Paralímpicos é elevada, sendo o judô um dos esportes que mais apresentam atletas lesionados durante a realização do evento. Na mesma direção, foi possível entender que os atletas de judô convencional também possuem altas chances de lesões durante as competições e o treinamento, principalmente por ser um esporte caracterizado como intermitente de alta intensidade, que requer uma complexidade de ações motoras. Ao analisarmos a modalidade de judô para pessoas com deficiência visual e intelectual, entende-se que a dinâmica da luta é ainda mais complexa, principalmente porque cada tipo de deficiência tem a sua especificidade. Por exemplo, o atleta que possui perda total da visão provavelmente terá maior "cautela" em realizar ações técnicas que o colocam em risco de queda; e, em função dessa falta de "segurança", algumas situações relacionadas à ocorrência de lesões podem acontecer.

Historicamente, o judô para pessoas com deficiência visual tem sido a modalidade presente em competições de alto rendimento, tais como Campeonatos Mundiais, Grand Prix e Jogos Paralímpicos. Em função disso, as investigações relacionadas às lesões de atletas de judô com deficiência têm focado a perspectiva da deficiência visual. Nesse sentido, em uma investigação recente relacionada especificamente ao judô para pessoas com deficiência visual, Fagher *et al.* (2019) exploraram a prevalência de lesões de 45 atletas de judô que participam dos Jogos Paralímpicos e identificaram que 38 atletas reportaram já ter sofrido algum tipo de lesão. Assim, os autores dividiram o percentual de lesões com base em sexo, idade, classe visual e categoria de peso. Considerando o sexo, 64% dos atletas do sexo masculino já tiveram algum tipo de lesão, e 20% das atletas do sexo feminino. Considerando a idade, atletas entre 18-23 e 30-35 anos apresentaram a maior frequência de lesões (27% para ambos), já para a idade de 24-29 anos essa frequência foi menor (22%), assim como para a faixa etária entre 36-41 anos (7%) e acima de 42 anos (2%). Com base nas classes visuais, 40% dos atletas da classe B2 já tinham apresentado algum tipo de lesão, enquanto para os atletas das categorias B1 (20%) e B3 (24%) a frequência de lesões foi menor. Por fim, nas categorias de peso, atletas de ambas as categorias (leve e pesado) tiveram uma prevalência de lesão similar. Vale ressaltar que essas lesões foram recordatórias, não durante o evento.

Considerando análises competitivas, Gutiérrez-Santiago, Gutiérrez e Prieto-Lage (2020) analisaram a prevalência de lesões e número de ações durante as lutas de 267 atletas de judô com deficiência visual, sendo 58 da classe B1, 105 da classe B2 e 104 atletas B3, durante o Campeonato Mundial do ano de 2018. A proporção das lesões foi estimada em 18,9 lesões/100 lutas oficiais. Na análise baseada na divisão das classes visuais, a frequência de lesões (n) é a seguinte: B1 = 13,8; B2 = 22,3; B3 = 18,5. A proporção de lesão por classe com base em lesões e exposição foi 62,5 para atletas B1, 79,6 para atletas da classe B2 e 61,2 para atletas da classe B3. Analisando a frequência de lesões conforme o sexo, atletas masculinos tiveram uma proporção de 78,2 lesões, enquanto que do sexo feminino foi 51,7. A categoria de peso que obteve maior proporção de lesão foi para categoria +100 kg no sexo masculino e -70 kg no sexo feminino. Adicionalmente, os autores verificaram que os principais mecanismos das lesões foram as técnicas específicas do judô realizadas em pé (35,7%), sendo o tipo de lesão mais encontrado os estiramentos.

Mais recentemente, Kons *et al.* (2022b) analisaram a prevalência de lesões de atletas de judô com diferentes tipos de deficiência (visual, física e intelectual). Participaram do estudo 51 atletas de judô, sendo 17 atletas com deficiência física, 10 atletas com deficiência intelectual e 24 atletas com deficiência visual. Os resultados do estudo mostraram que a maior frequência de lesão ocorreu durante o contato direto com o oponente (75,2%) e durante os treinamentos (76,4%). A maioria das lesões foi de magnitude severa (acima de 28 dias de recuperação, 52,9%), sendo o retorno da prática sintomático (49,0%). Com base no tipo de acometimento da deficiência, atletas com deficiência física foram os que tiveram um maior percentual de lesão (33,3%), seguidos por atletas da classe visual B1 (23,5%) e atletas com síndrome de Down (19,6%). Adicionalmente, os autores identificaram que a região corporal com mais acometimento da lesão foi o joelho (49,0%), seguido pelo ombro (23,5%).

Apresentamos na sequência um formulário adaptado por Bennell *et al.* (1996) e utilizado por Kons *et al.* (2022b) e Silva *et al.* (2021) para identificação e características das lesões em judocas com deficiência.

Figura 16 – Formulário para identificação de lesões

Sexo:

Idade: Dominância: ( ) D ( ) E

Estatura: Massa corporal:

Tempo de treinamento (anos):

Horas de treino por semana:

Tipo de deficiência: ( ) Adquirida ()Congênita

Nos últimos três meses, você teve de interromper seus treinamentos em algum momento por uma lesão sofrida durante prática esportiva? ( ) Sim ( ) Não

Se a última resposta foi **SIM**, no quadro abaixo escreva sobre as informações da lesão (local anatômico, mecanismo, momento, gravidade, retorno às atividades normais e recidivas), com a respectiva identificação numérica, presente no segundo quadro.

Características das lesões

Informações	Lesão
A - Local anatômico	
B - Mecanismo de lesão	
C - Natureza da lesão	
D - Momento da lesão	
E - Gravidade da lesão	
F - Retorno às atividades normais	
G – Recidivas	

Codificação das variáveis

A - Local anatômico	**B - Mecanismo de lesão**	**F - Retorno às atividades normais**
1- Ombro	1 - Contato direto com outro lutador	1 - Assintomático
2 - Braço	2 - Sem contato	2 - Sintomático
3 - Cotovelo	3 - Outro contato direto (objeto ou chão)	3 - Não retornou
4 - Antebraço		
5 - Punho		
6 - Mão	**C - Natureza da lesão**	**G - Recidiva**
7 - Coxa anterior	1 - Treino físico	1 - Não
8 - Coxa posterior	2 - Competição	2 - Sim
9 - Joelho	3 - Atividades domésticas ou lazer	
10 - Perna		
11 - Panturrilha	**D - Momento da lesão**	
12 - Tornozelo	1 - Início do treino ou competição/ primeiro terço	
13 - Pé	2 - Meio do treino ou competição/ segundo terço	

A - Local anatômico	B - Mecanismo de lesão	F - Retorno às atividades normais
14 - Tórax	3 - Fim do treino ou competição/terceiro terço	
15 - Abdômen	4 - Fora do esporte	
16 - Cabeça	**E - Gravidade da lesão**	
17 - Coluna cervical	1 - Mínima (1 a 3 dias)	
18 - Coluna lombar	2 - Leve (4 a 7 dias)	
19 - Cintura pélvica	3 - Moderada (8 a 28 dias)	
20 - Outra (especifique)	4 - Grave (> 28 dias)	

Dos estudos apresentados, podemos inferir que existem poucas investigações as quais tenham analisado prevalência, histórico de lesões e fatores de risco às lesões em atletas de judô com diferentes tipos de deficiência, tanto oriundas do treinamento quanto da competição. Adicionalmente, é preciso explorar perspectivas conforme a origem da deficiência (adquirida ou congênita), entre outros aspectos na vertente nutricional, perceptual e fisiológica, que aumentem a susceptibilidade de os atletas de judô com deficiência terem algum tipo de lesão.

5

PROCESSO DE PERDA DE PESO NO JUDÔ ADAPTADO E SUAS IMPLICAÇÕES PARA O DESEMPENHO

Historicamente, as modalidades esportivas de combate são divididas em diferentes categorias de peso, o que implica constantes processos de manutenção da massa corporal de acordo com o calendário de competições. No judô adaptado, esses mesmos procedimentos são adotados e, quando realizados de forma inadequada, podem acarretar malefícios para a saúde dos atletas.

O processo de perda de peso nos esportes de combate, mais especificamente no judô, já ocorre ao longo de muitos anos (ARTIOLI *et al.*, 2016). A lógica por trás disso está relacionada ao estabelecimento das diferentes categorias de peso que constituem o sistema de competição do judô (IJF, [2022]). Essas categorias de peso são estabelecidas sob diferentes pontos de cortes, que vão desde as categorias ligeiro até o peso pesado. No judô convencional, atualmente as categorias de peso iniciam já nas primeiras idades de competição (categoria sub-13) até a categoria adulta (sênior). Esta última é constituída de sete categorias de peso no masculino (60 kg, 66 kg, 73 kg, 81 kg, 90 kg, 100 kg e +100 kg) e sete no feminino (48 kg, 52 kg, 57 kg, 63 kg, 70 kg, 78 kg e +78 kg).

Na grande maioria das situações, atletas que lutam entre as categorias ligeiro, leve e média tendem a ter sua massa corporal acima do limite superior da sua categoria de peso, isso porque, em grande maioria, os atletas preferem competir em uma categoria inferior a sua massa corporal atual a fim de obter vantagens contra adversários mais leves (FRANCHINI *et al.*, 2011c). Para que isso seja possível, é necessário reduzir a massa corporal quando a competição se aproxima. Essa redução, por muitas vezes, acaba sendo uma prática frequente, dependendo do calendário competitivo esportivo anual. Esses atletas são chamados "cicladores" (ARTIOLI *et al.*, 2016), em função da constante redução e do ganho da massa corporal em pouco tempo.

Essa prática de redução de peso é chamada de "perda rápida de peso" e é caracterizada pela redução de uma quantidade significativa de massa corporal (normalmente 2% a 10%, embora reduções maiores sejam vistas com frequência) alguns dias antes da pesagem (geralmente nos últimos dois a três dias; ARTIOLI *et al.*, 2016). Para isso, os atletas submetem-se a diferentes métodos nocivos à saúde, que vão desde pular uma refeição até uso de diuréticos e laxantes, restrição severa de líquidos e alimentos, entre outros. Em uma revisão recente, Lakicevic *et al.* (2020) descrevem uma série de estudos experimentais que verificaram aspectos relacionados ao tempo para perda rápida de peso, a quantidade de peso perdido e os principais métodos utilizados pelos atletas. Os resultados resumidos e adaptados são apresentados na Tabela 9.

Tabela 9 – Síntese de estudos que avaliar o tempo, o percentual de redução da massa corporal e os principais métodos de perda rápida de peso em atletas de judô da modalidade convencional

Referência	**Grupo de controle**	**Grupo experimental**	**Tempo para perda de peso (dias)**	**Redução da massa (%)**	**Principais métodos**
Filaire *et al.* (2001)	Não avaliado	11	7	5	Restrição calórica
Degoutte *et al.* (2006)	7	7	7	5	Restrição calórica e diminuição da ingestão de líquidos
Finaud *et al.* (2006)	10	10	7	5	Restrição calórica e diminuição da ingestão de líquidos
Artioli *et al.* (2010)	7	7	5	5	Redução da ingestão de líquidos, treinamento com saco plástico e treinamento em sauna
Artioli *et al.* (2010)	Não avaliado	822	7	2-5	Redução da ingestão de líquidos, treinamento com saco plástico e cuspir
Clarys *et al.* (2010)	Não avaliado	22	5	>3	Não reportado
Coufalova *et al.* (2014)	Não avaliado	9	5	4,6	Restrição calórica e aumento da atividade física

Referência	Grupo de controle	Grupo experi-mental	Tempo para perda de peso (dias)	Redu-ção da massa (%)	Principais métodos
Berkovich *et al.* (2016)	Não avaliado	108	8	5	Redução da ingestão de líquidos, restrição calórica, aumento de atividade física, treina-mento com uso do saco plástico, treinamento em ambiente quente, uso de sauna e dieta gradual
Kons *et al.* (2017a)	Não avaliado	12	7	5	Redução da ingestão de líquidos e aumento de atividade física
Fortes *et al.* (2017a)	20	19	14	10	Redução da ingestão de líquidos, treinamento com saco plástico, uso de sauna e uso de laxantes
Fortes *et al.* (2017b)	20	19	14	10	Redução da ingestão de líquidos, treinamento com saco plástico, uso de sauna e uso de laxantes
Fortes *et al.* (2018)	20	19	14	10	Redução da ingestão de líquidos, treinamento com saco plástico, uso de sauna e uso de laxantes
Morales Aznar *et al.* (2018)	Não avaliado	38	7	10	Redução da ingestão de líquidos
Drid *et al.* (2019)	Não avaliado	8	7	10	Redução da ingestão de líquidos e restrição calórica

Fonte: adaptada de Lakecevic *et al.* (2020)

De acordo com os dados da Tabela 9, podemos verificar que os métodos mais utilizados pelos atletas de judô no processo de perda rápida de peso são: redução da ingestão de líquidos, seguido por restrição calórica, treinamento com saco plástico, aumento da atividade física, treinamento em locais quentes, utilização de sauna, dieta gradual, cuspir e uso de laxantes. Na grande maioria dos estudos, a média de dias em que os atletas praticam a perda rápida de peso varia de 5 a 7, chegando ao máximo de 14 dias. Ainda, os estudos mostram que os atletas reduzem de 5% a 10% da massa corporal quando o intervalo é de 5 a 7 dias, e cerca de 10% da sua massa corporal quando o intervalo é maior (14 dias).

No judô adaptado, até o referido momento, somente uma investigação foi realizada. Kons *et al.* (2022e) verificaram a quantidade, os métodos, a influência e a diferença entre sexo em relação ao processo de perda rápida de peso de atletas de judô com deficiência visual. Participaram do estudo 30 atletas com deficiência visual (10 do sexo feminino e 20 do sexo masculino), sendo alguns da Seleção Brasileira de Judô. Os principais resultados mostraram que a maioria dos atletas de judô com deficiência visual (67%) perde peso para competir, sendo uma média de 3 kg para atletas do sexo masculino e 2 kg para atletas do sexo feminino. A maioria dos métodos incluiu dieta gradual (40%) e aumento do volume de exercícios (33%). O treinador/*sensei* de judô foi a pessoa que mais influenciou os atletas no processo de perda rápida de peso (45%). Não houve diferenças significativas entre os sexos quanto à magnitude de perda de peso e aos métodos utilizados.

Ao longo de muitos anos, diversas pesquisas foram realizadas considerando o processo de perda rápida de peso em atletas de esportes de combate, incluindo o judô (ARTIOLI *et al.*, 2010; BERKOVICH *et al.* 2016; KONS *et al.*, 2017a, 2022e; LAKICEVIC *et al.*, 2020). Um método bastante utilizado é o questionário desenvolvido por Artioli *et al.* (2010), o qual apresenta alto índice de reprodutibilidade (ICC = 0,90; alfa de Cronbach = 0,98) e pode ser utilizado para identificar fatores relacionados a perda rápida de peso em atletas de judô. Uma adaptação do questionário proposto por Artioli *et al.* (2010) é apresentada a seguir.

Figura 17 – Questionário

Informações gerais

1. Idade: _____ anos
2. Sexo: ( ) Masculino ( ) Feminino
3. Quantos anos você tinha quando começou a praticar judô? __________anos.
4. Quantos anos você tinha quando começou a competir judô? _________anos.
5. Massa corporal atual: ________kg.

6. Estatura: ________ m.

7. Assinale o seu nível competitivo marcando um "**X**" nas competições: da que apenas participou sem obter medalhas, em que obteve medalhas, e da qual nunca participou.

Competição regional
( ) Participação sem medalha ( ) Obtive medalha ( ) Nunca participei
Competição estadual
( ) Participação sem medalha ( ) Obtive medalha ( ) Nunca participei
Competição nacional
( ) Participação sem medalha ( ) Obtive medalha ( ) Nunca participei
Competição internacional (Sul-Americano, Pan-Americano, Mundiais etc.)
( ) Participação sem medalha ( ) Obtive medalha ( ) Nunca participei

8. Em quantas competições você lutou no ano de _____/_____?

____

9.Em quantas competições você obteve medalha no ano de _____/_____?

____

Histórico de peso e de dietas

10. Em qual categoria você compete atualmente? Até _______kg.

11. Você subiu de categoria nos dois últimos anos?
( ) Sim. Em quais categorias competiu? ________________________________
( ) Não. Lutei na mesma categoria nos dois últimos anos.

12. Quanto você estava pesando nas ultimas férias do judô ? ____________kg.

13. Você já perdeu peso para competir?
( ) Sim (responda às demais questões).
( ) Não (não é necessário responder às demais questões).

14. Qual foi a maior quantidade de peso que você já perdeu para competir? ____kg.

15. Quantas vezes você teve de perder peso para competir no último ano? ___vezes.

16. Quantos quilos você costuma perder antes da competição? _______________kg.

17. Em quanto tempo você costuma "tirar" o peso antes das competições? ____dias.

18. Com que idade você começou a perder peso? ____________anos.

19. Quantos quilos você costuma ganhar na semana depois da competição? ____kg.

20. Utilizando a escala a seguir, assinale o grau de influência que cada uma dessas pessoas teve em suas atitudes de perda de peso (exemplo, quem o encorajou e ensinou a perder peso etc.) (Coloque o número).

1 = Nenhuma influência

2 = Pouca influência

3 = Não sei

4 = Influência razoável

5 = Muita influência

( ) Outro judoca/colega de treino

( ) Judocas mais velhos

( ) Médico

( ) Preparador físico

( ) Técnico de judô/*sensei*

( ) Pais

( ) Nutricionista

( ) Outro. Especifique: ____.

21. O quadro a seguir se refere aos métodos de perda de peso que você usa ou já usou antes de competir. Preencha-o assinando com um "**X**" a frequência com que usa cada um dos métodos (faça um **X** em todas as alternativas).

Método	**Sempre**	**Às vezes**	**Quase nunca**	**Nunca usei**	**Já usei, mas não uso mais**
Deita gradual (perder peso em 2 semanas ou mais)					
Pular 1 ou 2 refeições					
Jejum (ficar o dia todo sem comer)					
Diminuir a ingestão de líquidos					

Método	Sempre	Às vezes	Quase nunca	Nunca usei	Já usei, mas não uso mais
Fazer mais exercícios do que o habitual					
Treinar propositadamente em locais quentes					
Usar sauna					
Treinar com agasalhos, sacos plásticos ou roupas de borracha					
Usar agasalhos ou roupas de plástico durante dia ou à noite (só usar a roupa sem fazer exercícios com ela)					
Cuspir					
Usar laxantes					
Usar diuréticos					
Usar pílulas dietéticas					
Provocar vômitos					

Fonte: adaptada de Artioli *et al.* (2010)

Além de identificar as características da perda rápida de peso, outro caminho também bastante explorado tem sido a identificação dos efeitos da perda de peso sobre parâmetros de desempenho físico. Nesta perspectiva, Degoutte *et al.* (2005) analisaram a influência da perda rápida de peso sobre a força isométrica máxima de preensão manual e desempenho no teste de remada por 30 s. Dois grupos foram testados em três ocasiões diferentes: momento *baseline*; na manhã da competição simulada; e 10 minutos após a competição simulada. O grupo experimental (que realizou a perda rápida de peso) apresentou diminuição significativa na força de preensão manual e desempenho no exercício de remada antes da competição simulada, enquanto o grupo de controle não apresentou diferença nesse período. Após a competição, os valores de preensão manual diminuíram no grupo da perda de peso.

Filaire *et al.* (2001) também utilizaram medidas de força isométrica máxima de preensão manual, mas examinaram ambas as mãos e o desempenho no salto vertical para determinar a potência muscular de membros inferiores durante um processo de redução de peso dos atletas de judô. Uma diminuição significativa na força de preensão da mão esquerda foi observada após o processo de perda rápida de peso em comparação com as medidas *baseline*. Não foram detectadas diferenças na força de preensão manual na mão direita e no desempenho do salto vertical.

Morales Aznar *et al.* (2018) avaliaram a força isométrica de preensão manual e contração isométrica do tronco por 3 s em um grupo de perda de peso rápida (> 3%) e progressiva (< 3%). Os resultados não mostraram interação significativa ou efeito principal para preensão manual ou contração isométrica do tronco em nenhum dos grupos. Também não foi encontrada diferença significativa nas medidas de salto vertical.

Considerando que redução da ingestão de líquidos é um dos métodos comumente utilizados para a perda rápida de peso, Ceylan *et al.* (2022) investigaram o efeito da desidratação correspondente a 5% da massa corporal sobre o desempenho específico do judô e respostas fisiológicas em atletas masculinos de judô altamente treinados. Os principais resultados mostraram que houve uma diminuição da força de preensão manual e desempenho em testes específicos do judô (*Special Judo Fitness Test*, ou SJFT; e *Judogi Grip Strength Test*, ou JGST) após desidratação aguda, além de aumento na frequência cardíaca durante o SJFT. Portanto, a desidratação induziu prejuízos no desempenho físico e levou a um aumento cardiovascular durante o SJFT.

Recentemente, Martínez-Aranda *et al.* (2023) analisaram, por meio de uma revisão sistemática, os efeitos da perda rápida de peso sobre o desempenho atlético em atletas de esportes de combate. Os autores concluíram que, para garantir o desempenho atlético do competidor, em termos gerais, a perda não deveria exceder 3% a 5% da massa corporal total, seguido de 24 horas para reidratação após a pesagem, a fim de ter uma recuperação adequada (pelo menos parcialmente, já que o tempo comum entre a pesagem e a competição é ~1 dia). Por outro lado, a grande questão apontada por eles é a seguinte: será que o benefício de rebaixar e competir contra um adversário "mais fraco" (categoria de peso inferior) superaria os custos e riscos de uma possível redução no desempenho atlético devido a estratégias drásticas da perda rápida de peso? Acrescentam-se a essa pergunta possíveis problemas de saúde em médio e longo prazo, como problemas no funcionamento renal, gastrointestinais, psicológicos, entre outros.

Alguns autores já sinalizaram que a perda rápida de peso deve ser uma prática banida, devido aos seus efeitos nocivos sobre a saúde e o desempenho dos atletas (ARTIOLI *et al.*, 2016; KONS *et al.*, 2022e). Dessa maneira, sugere-se um acompanhamento da massa corporal por um profissional (nutricionista) e, quando necessária sua redução, que seja por um período prolongado, evitando ciclos de redução e ganho. Ainda, sugere-se uma adequação do atleta a sua categoria de peso correspondente a sua massa corporal atual e que toda a comissão técnica trabalhe para que a transição de categoria tenha um suporte nutricional, físico, técnico, tático e psicológico.

Essas recomendações são válidas a todos os esportes de combate, incluindo o judô adaptado. No entanto, esse processo de perda rápida de peso no judô adaptado ainda precisa ser mais explorado, principalmente na perspectiva de identificação dos efeitos deste processo sobre o desempenho físico e técnico-tático dos atletas de judô e destacando as classes de competição intelectual e visual.

6

PARÂMETROS DE DESEMPENHO FÍSICO DETERMINANTES NO JUDÔ ADAPTADO

O judô é caracterizado como um esporte de natureza intermitente e de alta intensidade em que ambos os metabolismos anaeróbio e aeróbio são solicitados durante o esforço, caracterizando a importância do treinamento da potência e capacidade aeróbia e anaeróbia. Parâmetros relacionados ao desempenho neuromuscular (por exemplo, força máxima, força de resistência e potência) nos membros superiores e inferiores também são requisitados e considerados imprescindíveis para o desempenho. A investigação destes aspectos tem estado em evidência nos últimos anos, principalmente quanto ao monitoramento e à prescrição das cargas de treino do judô.

6.1 Demanda energética e metabólica em atividades específicas no judô

O combate de judô é de natureza intermitente, com ações de alta intensidade intercaladas com curtos períodos de pausa, mostrando uma razão-esforço: pausa de 2:1 e 3:1 (MIARKA *et al.*, 2012, 2014), exigindo, assim, elevado nível de condicionamento aeróbio e anaeróbio a fim de manter a intensidade da luta (FRANCHINI *et al.*, 2011c). Nesse sentido, a análise da demanda energética e metabólica em atividades específicas do judô tem sido realizada com vistas a compreender melhor essas respostas.

Franchini *et al.* (2008) analisaram a contribuição energética em exercícios de *nage-komi* (entrada de golpe em movimento seguido de projeção) em três diferentes técnicas: *o-uchi-gari* (técnica de perna), *morote-seoi-nage* (técnica de braço) e *harai-goshi* (técnica de quadril) durante 5 minutos. Os autores observaram que, independentemente da técnica aplicada, a via aeróbia foi a principal responsável pela contribuição energética nesse tipo de exercício, seguida pela via anaeróbia alática (ATP-CP) e anaeróbia lática (ver descrição na Tabela 10). Apesar de esses exercícios se aproximarem de situações de combate (tempo, ações de projeção), pelo fato de não haver disputa de pegada no *judogi* nem resistência do oponente, provavelmente há menor solicitação das vias anaeróbias, se comparado à luta.

Em outro estudo, Franchini *et al.* (2011b) investigaram a demanda energética durante o SJFT (teste específico do judô) e observaram maior contribuição do sistema anaeróbio alático, seguido pelo sistema aeróbio e anaeróbio lático (glicolítico). Julio *et al.* (2017) analisaram lutas simuladas de 1 a 5 minutos e observaram predominância do sistema aeróbio, seguido pelo anaeróbio alático e anaeróbio lático na luta de 5 min. Em lutas com duração menor (1 a 4 min), houve aumento progressivo do metabolismo aeróbio (de 50% para 81%), diminuição do sistema anaeróbio alático (de 40% para 12%) e manutenção das contribuições glicolíticas (entre 6% e 10%) (Tabela 10). Portanto, pode-se afirmar que a luta de judô tem predominância do sistema aeróbio para suprir o gasto energético desde o primeiro minuto de combate até o fim, quando comparado aos sistemas anaeróbios. Isso se deve ao fato de o sistema aeróbio responder rapidamente à demanda energética do exercício, mostrando ter um papel importante também em esforços máximos de curta duração (GASTIN, 2001), como é o caso dos combates de judô. Já as vias anaeróbias são responsáveis pelas ações de alta intensidade, determinantes da luta (JULIO *et al.*, 2017).

Tabela 10 – Contribuição dos sistemas energéticos durante o exercício de *nage-komi* (5 min) em três diferentes técnicas de projeção, SJFT e em combates simulados de judô (5 min)

	Franchini *et al.* (2008)	**Franchini *et al.* (2011b)**	**Julio *et al.* (2017)**
Atividade	*Nage-komi**	SJFT	Luta simulada
Anaeróbio alático (%)	14,6 – 16,3	40,4	21
Anaeróbio lático (%)	1,5 – 1,6	26,7	8
Aeróbio (%)	82,2 – 84,0	32,9	70

SJFT = *Special Judo Fitness Test*; * Intervalo de contribuição (%) das técnicas de projeção *o-uchi-gari*, *harai-goshi* e *morote-seoi-nage*.

Fonte:

Diante da demanda energética da luta de judô, entende-se que ambos os sistemas aeróbio e anaeróbio devem ser treinados. Estudos prévios mostraram que a capacidade aeróbia tem sido relacionada à maior remoção de lactato sanguíneo pós-luta (DETANICO *et al.*, 2012; FRANCHINI;

ARTIOLI; BRITO, 2003), enquanto a potência aeróbia parece ser uma das variáveis determinantes na manutenção da intensidade em lutas com duração máxima (4 min, tempo regular oficial) (FRANCHINI *et al.*, 2007). Além disso, Gariod *et al.* (2005) verificaram que os judocas mais treinados aerobicamente apresentaram maior ressíntese de fosfocreatina, o que poderia gerar maior recuperação nos intervalos durante a luta. Tais aspectos podem contribuir para que o judoca mantenha a intensidade durante a luta e na sequência destas, contribuindo no controle do processo de fadiga.

Considerando o judô adaptado, em termos de identificação das demandas energéticas e respostas fisiológicas, até o momento poucas investigações foram realizadas considerando de forma específica este grupo. Porém, acredita-se que o comportamento seja similar, uma vez que a deficiência visual não influencia diretamente estes sistemas; no entanto, investigações precisam ser estabelecidas para sustentar estes aspectos.

O estudo de Lee, Lee e Park (2020) investigou a potência anaeróbia de membros inferiores e superiores em dois esportes com deficiência visual, judô (4 atletas) e *goalball* (5 atletas). Os atletas das duas modalidades realizaram o teste de Wingate para membros superiores e inferiores, sendo mensurada potência pico, potência média e índice de fadiga. Além disso, as concentrações de lactato sanguíneo foram analisadas antes e após o teste. Os principais resultados apontaram que atletas de *goalball* apresentaram uma maior concentração de lactato e maior índice de fadiga nos membros superiores comparados aos atletas de judô, no entanto atletas de judô apresentaram um menor índice de fadiga nos membros inferiores quando comparados aos atletas de *goalball*, demonstrando que as demandas dos membros trabalham de forma diferente, de acordo com a especificidade da modalidade. Em relação aos níveis de potência (pico e média), nenhuma diferença foi encontrada.

6.2 Parâmetros neuromusculares associados à performance do judô

A performance no judô também pode ser atribuída a fatores neuromusculares, como força isométrica máxima, resistência de força, força explosiva e potência muscular. A força isométrica máxima é considerada o valor mais elevado de força que o sistema neuromuscular é capaz de produzir, independentemente do fator tempo (CARVALHO; CARVALHO, 2006). De acordo com Bosco (2007), durante a contração isométrica, o desenvolvimento da força é determinado por dois mecanismos: o nível de ativação das Unidades Motoras (UMs) e a frequência de disparos dos estímulos nervosos.

A resistência de força, por sua vez, é definida como a capacidade de o músculo ou grupo muscular realizar repetidamente a contração muscular em determinado intervalo de tempo (KOMI, 2006). Quando um esforço é máximo e prolongado, no início do esforço todas as fibras musculares são recrutadas; no entanto, com o prosseguimento do trabalho, as fibras rápidas são as primeiras a diminuírem a ativação, enquanto as fibras lentas continuam a produzir energia mecânica. Do contrário, se o esforço for submáximo, as fibras lentas serão as primeiras a ser recrutadas, mas, com a continuidade do trabalho, as fibras lentas diminuem a ativação e as fibras rápidas passam a ser mais recrutadas (BOSCO, 2007).

Durante a luta, ocorrem constantes mudanças dinâmicas devido à movimentação dos atletas, para a qual o judoca requer uma combinação de força máxima e de resistência a fim de controlar a distância entre ele e o oponente (FRANCHINI *et al.*, 2011b; RATAMESS, 2011). A pegada, por exemplo, exige força isométrica máxima do antebraço (preensão manual) e resistência de força (dinâmica) nas regiões dos braços e do tronco para a manutenção da pegada por um período prolongado (FRANCHINI *et al.*, 2011). A musculatura da parte superior do tronco, especialmente o grande dorsal e o peitoral maior, também realiza trabalhos de resistência de força ao puxar ou empurrar o oponente constantemente. Já na luta solo, a combinação força e resistência também se faz necessária (CARBALLEIRA; IGLESIAS, 2007) a fim de imobilizar, sair de uma imobilização, realizar chaves e estrangulamentos.

Diversos estudos analisaram a força isométrica máxima de preensão manual em judocas, conforme descritos em Franchini *et al.* (2018); e, na maioria desses atletas, percebe-se uma superioridade da força isométrica na mão dominante. Por outro lado, foram encontrados poucos estudos que investigaram outros indicadores da força isométrica ou que utilizaram avaliações específicas para o judô. Ache-Dias *et al.* (2012) analisaram o pico de força e o índice de fadiga durante 10 s de preensão manual em judocas, e não encontraram diferença significativa entre a dominância; porém, quando compararam as variáveis entre judocas e não judocas, o índice de fadiga foi maior nos não judocas, indicando que a resistência de força é uma variável que sofre efeito do treinamento. Detanico *et al.* (2012) investigaram a força máxima e a taxa de decréscimo da força máxima em teste isométrico de 5 s durante teste de puxada no *judogi* e encontraram diferença significativa entre a dominância nas duas variáveis, sendo a força máxima maior no membro dominante e a resistência maior no membro não dominante.

Na perspectiva de auxiliar os treinadores a classificarem seus atletas de judô com base no desempenho da máxima força isométrica, Franchini *et al.* (2018) elaboraram uma tabela de classificação conforme a força máxima de preensão manual da mão direita, da mão esquerda e das duas mãos (Tabela 11).

Tabela 11 – Classificação da força isométrica máxima de preensão manual para atletas de judô, considerando a mão direita, a esquerda e ambas as mãos

Classificação	**Mão direita (kgf)**	**Mão esquerda (kgf)**	**Duas mãos (kgf)**
Excelente	> 66	> 66	> 132
Bom	59-66	58-66	116-132
Regular	44-58	42-57	86-115
Baixo	36-43	36-41	71-85
Muito baixo	< 36	< 36	< 71

Fonte: Franchini *et al.* (2018)

A força explosiva ou taxa de desenvolvimento de força e a potência muscular também são manifestações de força presentes nas ações do judô. Segundo Carvalho e Carvalho (2006), estas não devem ser tomadas como sinônimas, pois dependem de fatores bastante diferentes, têm características distintas e necessitam de metodologias e métodos específicos e independentes no seu treino e desenvolvimento. A força explosiva é o resultado da relação entre a força produzida e o tempo necessário disponível, ou seja, a mais rápida manifestação de força no mínimo espaço de tempo (CORVINO *et al.*, 2009), a qual também é conhecida como taxa de desenvolvimento de força.

Ao contrário da força explosiva, que reflete a produção rápida de força na fase estática e início do encurtamento do músculo, a potência muscular é caracterizada como o produto da força pela velocidade, sendo a força provinda do torque máximo que um músculo ou grupo muscular pode gerar em determinada velocidade (KOMI, 2006). Neste caso, o determinante agora será a velocidade que o segmento vai atingir em determinado nível de força.

Fatores de natureza estrutural, mecânica e funcional determinarão a força e a velocidade das contrações musculares, que se implicarão diretamente na potência (ENOKA, 2000). Entre esses fatores, pode-se citar a capacidade de recrutamento neural e mecanismos músculo-elásticos, a exemplo do Ciclo Alongamento-Encurtamento (CAE) (KOMI, 2000). Nas ações de ataque do judô, elevados níveis de potência muscular de membros inferiores são necessários (BONITCH-DOMÍNGUEZ *et al.*, 2010; FRANCHINI *et al.*, 2011c; KONS *et al.*, 2018a) a fim de atingir a pontuação máxima na luta (*ippon*), que se caracteriza por velocidade e eficácia no golpe. A otimização da potência, durante a execução de algumas técnicas de projeção, depende de mecanismos músculo-elásticos, como o CAE (MONTEIRO *et al.*, 2011). Este fenômeno é evidenciado quando o judoca executa uma fase excêntrica de flexão de joelhos seguida por uma fase concêntrica, em que ocorre um pré-alongamento das fibras musculares e armazenamento de energia elástica (durante a fase excêntrica), a qual é reutilizada na contração concêntrica com aumento na eficiência do movimento (DETANICO; SANTOS, 2012). A ação do CAE tem um propósito bem definido, que é o aumento da potencialização muscular na fase final do movimento (ação concêntrica), quando comparado à ação concêntrica isolada, e este mecanismo parece resultar no aumento da potência muscular (KOMI; GOLLHOFER, 1997).

Um dos métodos que vêm sendo utilizados como discriminador da potência muscular são os Saltos Verticais (SVs) desenvolvidos por Bosco (1999). Estes são considerados válidos e confiáveis na determinação da potência em atletas de diferentes modalidades esportivas (MARKOVIC *et al.*, 2004), incluindo o judô. Com relação a este aspecto, Zaggelidis *et al.* (2012) compararam a performance no salto com *Countermovement Jump* (CMJ), *Squat Jump* (SJ) e *drop jump* (salto sobre uma caixa) de 20 cm e 40 cm de altura, entre sujeitos não treinados e judocas experientes, e observaram que os judocas tiveram melhor desempenho em todas as tarefas de salto vertical, quando comparados aos sujeitos não treinados. Embora os saltos verticais não sejam movimentos típicos do judô, o treinamento específico ao longo dos anos faz com que os judocas otimizem melhor o mecanismo do CAE, indicando que os saltos verticais são sensíveis para discriminar a potência muscular em atletas de judô.

Na perspectiva de auxiliar os treinadores a classificarem seus atletas de judô com base no desempenho do salto vertical, Branco *et al.* (2018) elaboraram uma tabela com o intuito de classificar os atletas conforme o desempenho do SJ e CMJ (Tabela 12).

Tabela 12 – Classificação do *squat jump* e *countermovement jump* em atletas de judô

Classificação	SJ (cm)	CMJ (cm)
Excelente	> 41,3	> 43.5
Bom	37,5-41,2	39,9-43,4
Regular	26,5-37,4	29,5-39,8
Baixo	23,5-26,4	25,5-29,4
Muito baixo	< 23,4	< 25,4

Fonte: Branco *et al.* (2018)

Apesar de as tabelas de classificação serem construídas com base em avaliações de atletas de judô sem deficiência visual, elas são de extrema relevância e podem ser utilizadas com os atletas com deficiência visual, desde que todos os critérios de avaliação sejam rigorosamente seguidos.

6.3 Judô adaptado: estudos realizados

No judô adaptado, algumas avaliações de força/potência parecem sofrer influência da falta/baixa visão, uma vez que ela pode trazer inseguranças no avaliado, como manutenção de algumas posturas, execução de saltos verticais, entre outras (KONS *et al.*, 2019a.

Considerando comparações entre atletas de judô com deficiência visual e atletas de judô da modalidade convencional, algumas investigações foram realizadas. Almansba *et al.* (2012) compararam a postura corporal de atletas de judô com deficiência visual, atletas de judô da modalidade convencional e não atletas (sem deficiência visual). Foram recrutados 10 atletas de elite com deficiência visual, 14 atletas de judô de nível nacional e 14 não atletas. Todos realizaram um teste de postura unipodal nas situações de olhos fechados de forma alternada e olhos abertos de forma randomizada. Os principais resultados mostraram que tanto os atletas com deficiência visual como os atletas de judô convencional apresentaram melhor controle postural, quando comparados aos não atletas (considerando olhos fechados). Já na situação com os olhos abertos, o resultado foi similar para todos os grupos, demonstrando que a visão é aperfeiçoada com a prática do judô ao longo dos anos, considerando atletas com e sem deficiência visual.

Em um estudo de caso, Kons *et al.* (2019a) analisaram as diferenças na força isométrica máxima de preensão manual, desempenho em protocolos de Saltos Verticais (SJ e CMJ) e o equilíbrio avaliado conforme o centro de pressão na posição de base do judô. No estudo, participaram dois atletas de judô, sendo um atleta de judô com deficiência visual total e um atleta de judô vidente, com características físicas similares (idade, tempo de prática no judô, estatura, massa corporal e percentual de gordura). Os principais resultados apresentaram maiores valores de desempenho nos saltos verticais e na força de preensão manual para o atleta vidente; no entanto, em parâmetros relacionados ao equilíbrio, o atleta com deficiência visual teve valores melhores, ou seja, menor oscilação nas variáveis relacionadas ao centro de pressão. Esses resultados indicam uma maior adaptação no sistema proprioceptivo, quando comparados aos do atleta vidente, porém mais estudos precisam analisar outros fatores que podem ter influenciado esse resultado, como tipo de deficiência (adquirida ou congênita), características de prática no esporte, nível de independência nas atividades da vida diária, entre outros.

Karakoc (2016) investigaram as diferenças entre força muscular e níveis de flexibilidade entre atletas de judô com deficiência visual e atletas videntes. Um total de 32 atletas participou desse estudo, sendo 20 atletas sem deficiência visual e 12 atletas com deficiência visual, todos eles da extinta classe B3. Os atletas realizaram salto vertical, salto horizontal, teste de sentar-e-alcançar, apoio, teste de força abdominal, força isométrica máxima de preensão manual (mão direita e esquerda) e força de membros inferiores. Os resultados apresentaram diferença significativa para o teste de força de membros superiores, força de preensão manual em ambos os lados e apoio, sendo encontrados valores superiores para atletas de judô com deficiência visual quando comparados aos dos atletas sem deficiência visual. No intuito de estabelecer uma explicação para esses resultados, destaca-se o fator de os atletas pertencerem à classe B3 (classe na qual os atletas têm o menor acometimento possível com base na acuidade e no campo visual), ou seja, a visão pode ter tido pouca influência na realização dos testes.

Com o objetivo de descrever o controle postural na posição ereta semiestática de atletas com diferentes graus de deficiência visual e verificar se existem diferenças de acordo com as modalidades esportivas praticadas por pessoas com deficiência visual, Santos *et al.* (2018) avaliaram 39 atletas, sendo 17 de judô, 12 de *goalball* e 10 de futebol de 5. Com base nos graus de acometimentos da visão, 22 atletas eram da classe B1 (perda total da visão) e 17 atletas com baixa visão (B2 e B3). Foi avaliado o controle postural sobre uma plataforma de força na tarefa "com os pés unidos e olhos fechados e vendados". Os principais resultados demonstraram que os atletas com perda total da visão apresentaram menores valores para área de oscilação em relação aos atletas com baixa visão. Na comparação quanto à modalidade esportiva, foi possível observar que os atletas de *goalball* oscilaram menos e apresentaram menor velocidade de deslocamento, quando comparados aos atletas de judô. Em paralelo, os jogadores de futebol de 5 apresentaram melhor controle postural (ou seja, menor oscilação). Sendo assim, parece que o treinamento específico influencia a capacidade de equilíbrio dos atletas.

Considerando o desempenho físico de atletas de nível internacional, apenas dois estudos foram realizados até o referido momento. Entre estes, Loturco *et al.* (2017a) compararam valores de potência e força muscular de atletas de judô da Seleção Brasileira Olímpica e Paralímpica. Participaram do estudo 28 atletas no total, sendo sete mulheres e sete homens em cada grupo (olímpico e paralímpico). Foram utilizados saltos verticais, exercícios de meio agachamento, supino e remada. Os resultados apresentaram valores maiores de potência média propulsiva para os atletas da seleção olímpica nos testes de SJ, supino e remada, porém não houve diferença em relação aos parâmetros de força isométrica máxima nos protocolos de meio agachamento e supino. Pode-se sugerir que um dos fatores que levaram os atletas de judô com deficiência visual a apresentar valores inferiores somente nos exercícios que exigiam potência muscular foi a "insegurança" na realização dos movimentos, uma vez que a falta do campo visual pode limitar a percepção de estabilidade dos atletas nesse tipo de tarefa, que requer elevada velocidade. No entanto, mais estudos precisam ser realizados para sustentar essa hipótese.

Em outro estudo, Loturco *et al.* (2017b) acompanharam a variação de desempenho de 17 atletas de judô com deficiência visual pertencentes à equipe paralímpica brasileira. Todos os atletas foram avaliados ao longo de uma temporada por meio de Saltos Verticais (CMJ e SJ) e exercícios de meio agachamento, supino e puxada em decúbito ventral. Adicionalmente, a zona ótima de potência (faixa de carga onde a produção de potência é maximizada) foi ajustada no ciclo final, antes dos Jogos Paralímpicos. A potência muscular dos membros inferiores e superiores aumentou gradativamente ao longo da temporada, no entanto os melhores resultados em todos os exercícios foram observados antes dos Jogos Paralímpicos, nos quais a equipe conquistou quatro medalhas de prata.

Em suma, pode-se inferir que poucas investigações foram realizadas considerando os aspectos de desempenho físico em atletas de judô com deficiência visual e nenhum estudo com atletas ou praticantes de judô com outros tipos de deficiência. Sendo assim, abre-se uma lacuna enorme nesse aspecto, uma vez que a avaliação das capacidades físicas auxiliará uma prescrição mais acurada das cargas de treino e, consequentemente, do processo de adaptação e supercompensação dos atletas.

7

PROPOSTA DE AVALIAÇÃO FÍSICA ESPECÍFICA PARA O JUDÔ ADAPTADO

Na busca de melhorar a validade ecológica na avaliação das modalidades esportivas, diversos testes de campo têm sido desenvolvidos ao longo dos anos. Nos esportes de combate, mais especificamente no judô, alguns testes que simulam demandas específicas (físicas e motoras) têm sido propostos, porém poucas adaptações ou novos testes para o judô adaptado têm sido sugeridos. Dessa forma, busca-se apresentar neste capítulo avaliações que podem ser utilizadas no judô adaptado a fim de monitorar as cargas de treino e efeitos do treinamento.

7.1 Avaliações específicas para o judô

No decorrer das últimas décadas, diversos testes laboratoriais e de campo foram desenvolvidos com o intuito de avaliar o desempenho físico de atletas, sejam eles de modalidades individuais, sejam de modalidades coletivas ou esportes de combate. Quando buscamos avaliar atletas de modalidade individuais, o uso de testes genéricos, apesar de fornecerem dados importantes sobre a condição física dos atletas, não reproduzem ações específicas do esporte e de sua natureza. Por exemplo, testes em ergômetros (esteira, bicicleta) não se aproximam das ações dos esportes de combate, além de a maioria ser realizada de maneira contínua (cíclica), enquanto nos esportes de combate a natureza é intermitente (acíclica).

Existe uma pirâmide hierárquica na qual se estabelecem as relações entre testes físicos e a tarefa principal: no caso dos esportes de combate, a luta. Quanto mais específica é a avaliação, mais próxima da realidade dos combates (validade externa), no entanto maior a dificuldade em quantificar o esforço realizado ou determinar a capacidade física envolvida (DETANICO; SANTOS, 2012). Assim, há uma tendência de que, quanto mais distante da especificidade, melhor será a acurácia de mensurar capacidades físicas (validade interna), ou seja, por meio de testes genéricos e laboratoriais. Considerando esses fatores, a escolha do teste deve ser estabelecida de acordo com o objetivo do treinador/preparador físico. Neste capítulo serão discutidos testes específicos desenvolvidos para o judô convencional e adaptado.

Nos últimos anos, Chaabene *et al.* (2018) publicaram um estudo de revisão avaliando os critérios científicos (ou seja, índices de validade, reprodutibilidade e sensibilidade) de testes específicos para atletas de esportes de combate olímpicos. Foram incluídas as modalidades de boxe, esgrima, judô, caratê, taekwondo e luta greco-romana. A maioria dos estudos (64%) ignorou e/ou forneceu informações incompletas sobre os critérios de validade, além de apresentar grandes limitações metodológicas relacionadas aos testes específicos. Adicionalmente, foi constatado que, em 28% dos estudos, informações insuficientes ou uma completa falta de informações foram fornecidas no campo de aplicação do teste. Tendo em vista esses achados, os autores apresentaram alguns pré-requisitos relacionados aos testes específicos que devem ser levados em consideração em investigações futuras. São eles:

- Amostra significativa;
- Estudos envolvendo atletas do sexo feminino;
- Considerar diferentes níveis dos atletas (exemplo, elite e não elite, iniciante e avançado);
- Detalhes relacionados a critérios de inclusão/exclusão;
- Detalhes relacionados à familiarização dos atletas;
- Informações relacionadas à estabilidade das condições dos testes;
- Apresentação dos níveis de reprodutibilidade (relativa e absoluta).

O monitoramento das capacidades físicas de atletas no decorrer do processo de treinamento tem sido um excelente indicador para o controle de cargas do treino, o que possibilita adequar o programa de treino na intenção de comparar os resultados em diferentes momentos, no decorrer da periodização (AGOSTINHO *et al.*, 2015). Dentro do processo de treinamento do atleta de alto nível, a utilização de testes faz-se importante, pois estes podem mostrar o efeito do treinamento em alterações funcionais positivas ou negativas. Assim, o treinador ou preparador físico pode organizar de forma mais coerente as cargas de treino dentro dos diferentes ciclos que permeiam um planejamento (ROSA; OLIVEIRA, 2008). Conforme a literatura pesquisada, diversos testes de campo para judocas vêm sendo desenvolvidos na tentativa de aumentar a especificidade e a validade ecológica, aproximando-se das características específicas do judô (KONS *et al.*, 2022c).

Um dos testes pioneiros, e amplamente utilizado, na avaliação da aptidão física de judocas é o *Special Judo Fitness Test*, proposto por Sterkowicz (1995) e descrito por Franchini *et al.* (1998). O teste é intermitente e dividido em três períodos: 15, 30 e 30 s, com intervalos de 10 s entre eles. Durante cada um dos períodos, o executante arremessa dois parceiros (à distância de 6 metros) o maior número de vezes possível, utilizando a técnica *Ipon-seoi-nage*. Imediatamente, e 1 minuto após o fim do teste, é verificada a Frequência Cardíaca (FC) do atleta. O número de arremessos é computado e, com os valores de FC, é calculado um índice. Quanto melhor o desempenho no teste, menor o valor do índice (Equação 1).

$$\text{Índice} = \frac{FC\ final\ (bpm) + FC\ 1\ min(bpm)}{Total\ de\ arremessos\ (n)}$$

(Equação 1)

Onde:

FC final: frequência cardíaca imediatamente após o fim do teste.

FC 1 min: frequência cardíaca após 1 minuto do teste.

Arremessos: número de arremessos completados no teste.

O desempenho do teste pode ser melhorado por um aumento do número de arremessos durante os períodos do teste, o que apresenta melhora da capacidade anaeróbia e eficiência na execução do golpe. A menor frequência cardíaca ao fim do teste representa melhor eficiência cardiovascular para um esforço específico; e a menor frequência cardíaca 1 minuto após o teste dá indício de melhor recuperação, o que representa melhoria da capacidade aeróbia. Quanto menor é o valor do índice final calculado, melhor o desempenho do teste (DETANICO; SANTOS, 2012).

A Tabela 13 apresenta uma síntese de alguns estudos que utilizaram o SJFT para avaliação de atletas de judô da modalidade convencional. Os resultados demonstram que os valores do SJFT têm sido reportados por atletas de diferentes idades, porém a maioria do sexo masculino, faltando informações sobre as atletas de judô de diferentes categorias de idade.

Tabela 13 – Síntese de alguns estudos que utilizaram o SJFT para avaliação de atletas de judô da modalidade convencional

Autores	Sujeitos (n)/ Sexo (M/F)	Pro-jeções (total)	FC final (bpm)	FC após 1 min (bpm)	Índice
Sterkowicz (1997)	11 M	24,5 ± 1,8	176 ± 14	130 ± 20	12,5 ± 1,1
Sterkowicz *et al.* (1999)	15 M	28 ± 3	182 ± 6	150 ± 12	12,2 ± 1,4
Franchini *et al.* (2001)	6 M	24 ± 2	179 ± 11	157 ± 15	13,9 ± 1,0
Franchini *et al.* (2005a)	13 M	28 ± 2	179 ± 6	163 ± 10	12,2 ± 1,0
Franchini *et al.* (2005b)	53 M	25 ± 2	186 ± 11	165 ± 13	14,1 ± 1,5
Sterkowicz *et al.* (2005)	9 M	29 ± 2	183 ± 5	156 ± 8	11,7 ± 0,9
Da Silva *et al.* (2008)	30 M	20 ± 2	184 ± 3	139 ± 4	15,9 ± 1,7
Janse de Jonge *et al.* (2009)	12 M	27 ± 2	174 ± 10	157 ± 11	12,2 ± 1,3
Wolska *et al.* (2009)	11 F	24 ± 1	175 ± 7	129 ± 12	12,6 ± 0,6
Wolska *et al.* (2010)	15 F	22 ± 1	181 ± 10	137 ± 10	14,4 ± 1,2
Boguszewska *et al.* (2010)	8 M	25 ± 3	187 ± 20	129 ± 11	12,7 ± 1,9
Mendes e Ferreira, (2010)	8 M	22 ± 3	182 ± 8	155 ± 15	15,2 ± 2,9
Pereira *et al.* (2010)	13 M	20 ± 1	190 ± 9	164 ± 9	17,7 ± 1,9
Franchini *et al.* (2011c)	14 M	26 ± 2	196 ± 12	169 ± 9	14,3 ± 1,3
Miarka *et al.* (2011)	8 M	23 ± 1	187 ± 11	154 ± 11	14,4 ±1,3
Barreto *et al.* (2012)	23 M	21 ± 2	183 ± 12	161 ± 20	16,0 ± 2,6
Detanico *et al.* (2012b)	18 M	27 ± 2	179 ± 10	155 ± 15	12,5 ± 1,3
Escobar-Molina *et al.* (2012)	10 M	26 ± 2	183 ± 7	160 ± 15	12,5 ± 1,3
Wolska *et al.* (2013)	14 F	22 ± 2	191 ± 4	153 ± 10	15,2 ± 1,5
Hesari *et al.* (2013)	19 M	27 ± 2	177 ± 7	142 ± 10	11,7 ± 1,0
Sterkowicz-Pryzy *et al.* (2014)	7 M	27 ± 1	181 ± 10	151 ± 13	11,9 ± 0,8
Abedemalek *et al.* (2015)	11 M	31 ± 2	182 ± 5	154 ± 2	10,8 ± 3,0
Bonato *et al.* (2015)	9 M	26 ± 1	184 ± 7	155 ± 15	13,7 ± 0,7
Franchini *et al.* (2015)	10 M	28 ± 1	197 ± 6	178 ± 9	13,6 ± 1,0
Sogabe *et al.* (2015a)	18 M	26 ± 3	180 ± 7	151 ± 12	13,0 ± 2,0

Autores	Sujeitos (n)/ Sexo (M/F)	Pro- jeções (total)	FC final (bpm)	FC após 1 min (bpm)	Índice
Sterkowicz-Pryzy *et al.* (2015)	17 M	28 ± 2	183 ± 8	136 ± 11	11,4 ± 1,1
Garbouj *et al.* (2016)	17 F	23 ± 2	186 ± 8	160 ± 11	14,8 ± 2,1
Morals *et al.* (2016)	11 M	29 ± 3	--------	-------	12,2 ± 0,9
Simenko e Karpljuk (2016)	9 M	22 ± 1	191 ± 6	163 ± 12	16,1 ± 1,6
Astley *et al.* (2017)	18 M	23 ± 1	185 ± 9	163 ± 13	14,6 ± 0,6
Lum (2017)	11 M	23 ± 2	180 ± 10	134 ± 16	13,9 ± 1,7
Casals *et al.* (2017)	22 M	27 ± 3	184 ± 9	155 ± 18	12,8 ± 1,5
Casals *et al.* (2017)	29 F	26 ± 2	181 ± 14	157 ± 19	12,7 ± 1,2
Kons *et al.* (2017b)	22 M	28 ± 3	--------	--------	11,7 ± 1,5
Agostinho *et al.* (2018)	45 M	27 ± 2	180 ± 11	156 ± 17	12,3 ± 1,3
Ceylan *et al.* (2018)	7 M	27 ± 3	182 ± 10	165 ± 15	12,1 ± 2,5
Kons *et al.* (2018b)	19 F	27 ± 2	177 ± 10	149 ± 15	12,5 ± 1,3
Kons *et al.* (2018c)	20 M	28 ± 3	176 ± 12	143 ± 16	11,6 ± 1,5

M = Masculino; F = Feminino, I = Iniciante, A = Avançado, D = Dominante, N = Não dominante, S = Sênior,

J = Júnior, E = Elite, NE = Não Elite

Fonte:

Estudos prévios (AGOSTINHO *et al.*, 2018; FRANCHINI *et al.*, 2009; STERKOWICZ-PRZYBYCIEN; FUKUDA, 2014) elaboraram tabelas de classificação do SJFT variando de muito baixo a excelente nas variáveis: número de projeções, FC e índice para atletas de diferentes categorias de idade tanto do sexo masculino quanto feminino (Tabelas 14 a 19).

Tabela 14 – Normas classificatórias para o sexo masculino para quantidade total de arremessos, frequência cardíaca (fim e após 1 minuto) e índice no SJFT

Classificação	**Arremessos (n)**	**FC_{FINAL} (bpm)**	**FC_{1MIN} (bpm)**	**Índice**
Excelente	≥ 29	≤ 173	≤ 143	≤ 11,73
Bom	27-28	174-184	144-161	11,74-13,03
Regular	26	185-187	162-165	13,04-13,94
Baixo	25	188-195	166-174	13,95-14,84
Muito baixo	≤ 24	≥ 196	≥ 175	≥ 14,85

FC_{FINAL}= Frequência Cardíaca Final; FC_{1MIN} = Frequência Cardíaca após 1 Minuto.
Fonte: Franchini et al., (2009)

Tabela 15 – Normas classificatórias para o sexo masculino (categoria juvenil) para quantidade total de arremessos, frequência cardíaca (fim e após 1 minuto) e índice no SJFT

Classificação	**Arremessos (n)**	**FC_{FINAL} (bpm)**	**FC_{1MIN} (bpm)**	**Índice**
Excelente	≥ 30	≤ 163	≤ 132	≤ 11,15
Bom	28-29	164-174	133-148	11.16-12,38
Regular	25-27	175-195	149-175	12.39-14,32
Baixo	23-24	196-200	176-184	14.33-15,92
Muito baixo	≤ 22	≥ 201	≥ 185	≥ 15,93

FC_{FINAL}= Frequência Cardíaca Final; FC_{1MIN} = Frequência Cardíaca após 1 Minuto.
Fonte: Agostinho *et al.* (2018)

Tabela 16 – Normas classificatórias para o sexo masculino (categoria júnior) para quantidade total de arremessos, frequência cardíaca (fim e após 1 minuto) e índice no SJFT

Classificação	**Arremessos (n)**	**FC_{FINAL} (bpm)**	**FC_{1MIN} (bpm)**	**Índice**
Excelente	≥ 31	≤ 162	≤ 127	≤10,40
Bom	30	163–174	128–144	10.41–11,29
Regular	26–29	175–188	145–168	11.30–13,52
Baixo	23–25	189–198	169–184	13.53–14,18
Muito baixo	≤ 22	≥ 199	≥ 185	≥ 14,19

FC_{FINAL}= Frequência Cardíaca Final; FC_{1MIN} = Frequência Cardíaca após 1 Minuto.
Fonte: Agostinho *et al.* (2018)

Tabela 17 – Normas classificatórias para o sexo feminino (categoria juvenil) para quantidade total de arremessos, frequência cardíaca (fim e após 1 minuto) e índice no SJFT

Classificação	Arremessos (n)	FC_{FINAL} (bpm)	FC_{1MIN} (bpm)	Índice
Excelente	≥ 28	≤ 168	≤ 132	≤ 11,53
Bom	27	169-176	133-148	11,54-12,63
Regular	23-26	177-193	149-176	12,64-15,45
Baixo	21-22	194-202	177-189	15,46-18,00
Muito baixo	≤ 20	≥ 203	≥ 190	≥ 18,01

FC_{FINAL}= Frequência Cardíaca Final; FC_{1MIN} = Frequência Cardíaca após 1 Minuto.
Fonte: Agostinho *et al.* (2018)

Tabela 18 – Normas classificatórias para o sexo feminino (categoria júnior) para quantidade total de arremessos, frequência cardíaca (final e após 1 minuto) e índice no SJFT

Classificação	Arremessos (n)	FC_{FINAL} (bpm)	FC_{1MIN} (bpm)	Índice
Excelente	≥ 26	≤ 167	≤ 128	≤ 12,18
Bom	25	168-175	129-139	12,19-13,71
Regular	23-24	176-190	140-161	13,72-16,13
Baixo	22	191-198	162-171	16,14-17,41
Muito baixo	≤ 21	≥ 199	≥ 172	≥ 17,42

FC_{FINAL}= Frequência Cardíaca Final; FC_{1MIN} = Frequência Cardíaca após 1 Minuto.
Fonte: Sterkowicz-Przybycien e Fukuda (2014)

Tabela 19 – Normas classificatórias para o sexo feminino (categoria sênior) para quantidade total de arremessos, frequência cardíaca (fim e após 1 minuto) e índice no SJFT

Classificação	Arremessos (n)	FC_{FINAL} (bpm)	FC_{1MIN} (bpm)	Índice
Excelente	≥ 30	≤ 160	≤ 129	≤ 10,21
Bom	29	161-170	130-138	10,22-11,31
Regular	26-28	171-189	139-158	11,32-13,48
Baixo	24-25	190-199	159-167	13,49-14,52
Muito baixo	≤ 23	≥ 200	≥ 168	≥ 14,53

FC_{FINAL}= Frequência Cardíaca Final; FC_{1MIN} = Frequência Cardíaca após 1 Minuto.
Fonte Sterkowicz-Przybycien e Fukuda (2014)

Alguns estudos testaram a validade concorrente do SJFT, tendo outros testes como padrão-ouro. Na Tabela 20, são apresentados alguns estudos que buscaram estabelecer relações de parâmetros morfológicos, fisiológicos ou neuromusculares com o desempenho no SJFT.

Tabela 20 – Estudos que relacionaram variáveis morfológicas, fisiológicas ou neuromusculares com o total de arremessos e índice do SJFT

Estudo	**Amostra**	**Variável SJFT**	**Variável relacionada**	**r - correlação**
Sterkowicz *et al.* (1999)	15 M	Arremessos / Índice	Trabalho no Wingate	0,71; -0,71
Katrali e Goudar (2012)	31 M	Arremessos	Percentual de gordura	-0,69
Detanico *et al.* (2012)	18 M	Arremessos	Altura do salto vertical/ Pico de velocidade em teste incremental	0,74; 0,70
Hesari *et al.* (2013)	19 M	Arremessos / Índice	VO_{2max} / Potência pico no Wingate	0,78; -0,87; -0,74
Morales Aznar *et al.* (2016)	11 M/F	Arremessos / Índice	Potência pico Wingate / VO_{2max}	0,77; -0,78; -0,76

M = Masculino, F = Feminino; r de correlação de Pearson; SJFT = *Special Judo Fitness Test*

Fonte:

Outros estudos testaram a validade preditiva no SJFT. Entre estes, Casals *et al.* (2016) verificaram as principais medidas antropométricas que podem predizer o desempenho nas variáveis do SJFT conforme diferentes equações de predição. Os autores encontraram três diferentes equações para predizer o índice do SJFT. A primeira está relacionada à variação do sexo (masculino e da massa corporal, em que se predizem 24%). O segundo modelo envolveu somente a dobra cutânea do bíceps, e o poder de predição foi de 30%. Por fim, o terceiro modelo envolveu massa óssea, perfil ectomórfico e massa muscular, em que a junção destes componentes ocasionou um poder de predição de 40%.

Considerando a influência de índices fisiológicos nas variáveis de desempenho do SJFT, Lopes-Silva *et al.* (2018) utilizaram diferentes equações com base em testes aeróbios e anaeróbios de membros inferiores e superiores.

Os autores apresentam três modelos de equações para predizer diferentes variáveis de desempenho do SJFT. No primeiro modelo, o VO_2pico, no teste incremental, e a potência pico no teste de Wingate, ambos para membros superiores, foram capazes de predizer 34% da variação do número total de arremessos. No segundo modelo, a frequência cardíaca máxima no teste incremental de membros superiores e a frequência cardíaca dos membros inferiores no limiar anaeróbio conseguiram predizer 54% da variação da frequência cardíaca final do SJFT. Por fim, o VO_2pico, no teste incremental de membros superiores, foi capaz de predizer 15% da variação do índice no SJFT.

Kons *et al.* (2020) testaram modelos de equações preditivas, com base em testes neuromusculares, para o desempenho no SJFT em atletas de judô do sexo masculino e feminino com idade entre 11 e 16 anos. O desempenho nos testes de salto horizontal e arremesso de *medicine ball* foi capaz de predizer 28% da variação do número total de arremessos e 20% do índice do teste para os meninos; e os mesmos testes foram capazes de predizer 24% e 27%, respectivamente, para as meninas.

Na tentativa de investigar a relação entre o desempenho no SJFT e o desempenho em competições oficiais de judô, Kons, Ache-Dias e Detanico (2017) encontraram uma correlação positiva entre a segunda série do SJFT e a efetividade de ataques em competição (quantidade de escores obtidos pelo número de projeções durante as lutas em competição) (r = 0.44) em atletas do sexo masculino. Adicionalmente, Kons, Franchini e Detanico (2018) observaram que o número total de projeções (indicador indireto da capacidade anaeróbia) é um importante marcador do desempenho em lutas que ultrapassam o tempo de 2 minutos, ou seja, atletas que apresentam bons indicadores no número de projeções no teste tendem a ter um maior tempo efetivo em combate, o qual está ligado ao tempo de ações de ataques, defesas e tentativa de contrapor o oponente.

Em resumo, os estudos demonstram que o desempenho no SJFT é influenciado por diversas variáveis, que envolvem parâmetros antropométricos, fisiológicos e neuromusculares. Sendo assim, é imprescindível que esses parâmetros sejam monitorados e controlados durante o processo de preparação física dos atletas do judô. Por fim, destaca-se que o SJFT é um dos testes específicos de judô mais utilizado na atualidade e em atletas de diferentes idades, no entanto estudos que levam em consideração adaptações desse teste a atletas de populações especiais ainda são escassos. A seguir será detalhada uma adaptação do SJFT para atletas com deficiência visual.

7.2 Adaptação do *Special Judo Fitness Test* para pessoas com deficiência visual

Kons *et al.* (2021c) propuseram uma adaptação do SJFT para avaliação de pessoas com deficiência visual utilizando dois tipos de estímulos, sonoro e tátil. Vinte atletas de judô de nível nacional e internacional (incluindo atletas da Seleção Brasileira de Judô) realizaram o SJFT em três situações: uma situação-padrão (sem estímulo), situação com estímulo sonoro (utilizando palmas) e tátil (fita com barbante colada ao tatame) (Figura 18). Ambos os estímulos tinham o objetivo de guiar o atleta até o seu oponente para executar a projeção o mais rápido possível.

Figura 18 – Representação do *Special Judo Fitness Test*-padrão (painel A) e adaptações tátil (painel B) e sonora (painel C)

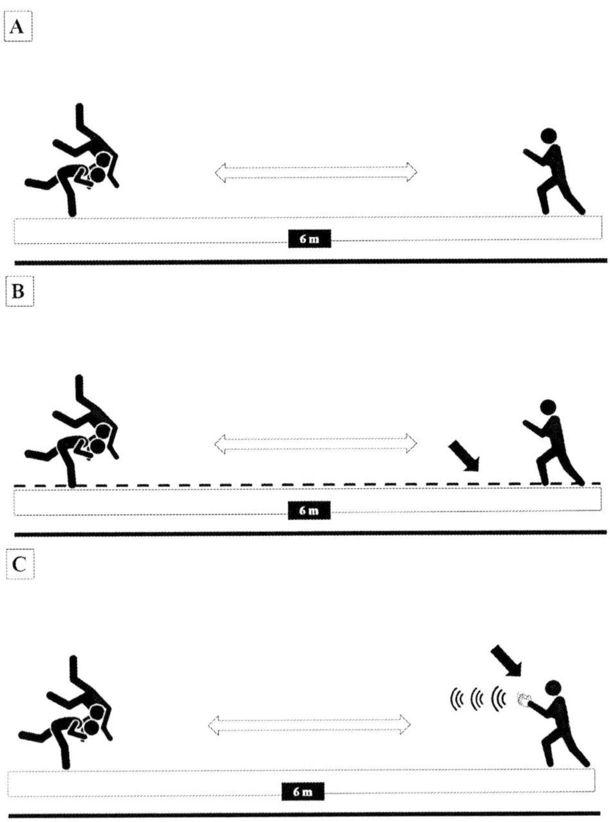

Fonte: Kons *et al.* (2023)

Para testar a reprodutibilidade de cada situação, os atletas realizaram os testes em diferentes dias, com intervalo de 24 horas; e sem adaptação em apenas um dia. Além da reprodutibilidade, uma análise comparativa foi levada a cabo para verificar as diferenças entre o teste-padrão e as adaptações (sonora e tátil), diferenças entre classes visuais esportivas (B1, B2 e B3) e grupos de níveis competitivos (nacional e internacional). Os principais resultados apresentaram uma excelente reprodutibilidade para ambas as adaptações tanto para o número de arremessos (ICC = 0,91-0,95) quanto para valores de frequência cardíaca (ICC = 0,76-0,90). O principal achado é que os atletas obtiveram um melhor desempenho na adaptação sonora, comparada a situação-padrão e tátil, além de um melhor desempenho na adaptação tátil, comparada à situação-padrão. Considerando a comparação entre as classes esportivas visuais, atletas com maior acometimento visual (B1) obtiveram um pior desempenho na situação-controle e na adaptação tátil, comparados aos atletas com menor acometimento visual (B1 e B2); no entanto, nenhuma diferença foi encontrada na adaptação sonora entre as classes. Este resultado demonstra que os atletas com maior acometimento visual respondem de forma similar ao desempenho do teste, quando comparados aos atletas com menor acometimento. Por fim, apenas a adaptação sonora discriminou o desempenho entre atletas de elite e subelite. Portanto, apesar de ambas as adaptações do SJFT (tátil e sonora) mostrarem excelente reprodutibilidade e sensibilidade no teste-reteste, apenas o SJFT com o estímulo sonoro é válido para avaliação de atletas com diferentes graus de deficiência visual e de diferentes níveis competitivos (elite e subelite), mostrando ser a adaptação com maior validade constructo.

Em estudo subsequente, Kons *et al.* (2023) testaram o SJFT adaptado (tátil e sonoro) e o SJFT-padrão em atletas de judô com deficiência visual adquirida e congênita. Foi constatado que, para ambos os grupos, as pessoas com deficiência visual responderam melhor no SJFT adaptado, independentemente do estímulo (tátil ou sonoro), quando comparado ao padrão SJFT (não adaptado).

Os resultados desses estudos salientam a importância de adaptar um teste específico para mensurar capacidades físicas determinantes das ações envolvidas no judô. Adaptações simples utilizando equipamentos baratos e acessíveis podem inferir diretamente o desempenho para pessoas com deficiência visual, sendo uma alternativa para os treinadores utilizarem ao longo do processo de treinamento.

7.3 Teste específico sem a necessidade de adaptação

Nos últimos anos, alguns testes específicos utilizando equipamentos de baixo custo foram desenvolvidos com o intuito de identificar parâmetros relacionados ao desempenho de atletas de judô. Entre essas investigações, Franchini *et al.* (2011a) desenvolveram um teste utilizando um *judogi* (vestimenta específica do judô) preso a uma barra fixa (*Judogi Grip Strength Test*) com o objetivo mensurar parâmetros de força de resistência dinâmica e isométrica de atletas de judô sob dois protocolos: máximo número de repetições (avaliação da força dinâmica) e máximo tempo de sustentação (avaliação da força isométrica). Nos dois testes, o indivíduo deve fazer a pegada no *judogi*, que permanece preso em uma barra fixa, sendo realizados os dois testes da seguinte forma: a) o máximo tempo de sustentação é realizado com o atleta segurando o *judogi* suspenso em uma barra, em que o atleta permanecerá sustentando a própria massa corporal o máximo de tempo possível, com a articulação do cotovelo flexionada e o punho em posição neutra; b) o número máximo de repetições consiste na quantidade máxima de repetições do movimento dinâmico, da máxima extensão à máxima flexão do cotovelo.

O JGST também tem sido amplamente investigado, sendo estabelecidas tabelas de classificação considerando sexo e idade (AGOSTINHO *et al.*, 2018; BRANCO *et al.*, 2016). Na Tabela 21, são apresentados os parâmetros de classificação do teste proposto por Branco *et al.* (2016) voltado a atletas adultos. Nas Tabelas 22 a 25, está descrita a classificação para atletas das categorias sub-18 e sub-20 do sexo masculino e feminino elaboradas por Agostinho *et al.* (2018).

Tabela 21 – Classificação do JGST com barra, considerando tempo máximo de sustentação e repetições máximas para atletas de judô da categoria sênior masculino

Classificação	**Tempo de sustentação**		**Repetições máximas**	
	Absoluto (s)	Relativo ($kg.s^{-1}$)	Absoluto (rep)	Relativo ($kg.rep^{-1}$)
Muito ruim	≤ 10	≤ 1.051	≤ 1	≤ 121
Ruim	11-25	1.052-2.041	2-6	122-474
Regular	26-55	2.042-3.962	7-16	475-1190
Bom	56-62	3.963-4.008	17-19	1.191-1.463
Excelente	≥ 63	≥ 4.009	≥ 20	≥ 1.464

Fonte: Agostinho *et al.* (2018)

Tabela 22 – Classificação do JGST com barra, considerando tempo máximo de sustentação e repetições máximas para atletas de judô da categoria júnior masculino

Classificação	Tempo de sustentação		Repetições máximas	
	Absoluto (s)	Relativo ($kg.s^{-1}$)	Absoluto (rep)	Relativo ($kg.rep^{-1}$)
Muito ruim	≤ 10	≤ 1.051	≤ 1	≤ 121
Ruim	11-25	1.052-2.041	2-6	122-474
Regular	26-55	2.042-3.962	7-16	475-1190
Bom	56-62	3.963-4.008	17-19	1.191-1.463
Excelente	≥ 63	≥ 4.009	≥ 20	≥ 1.464

Fonte: Agostinho *et al.* (2018)

Tabela 23 – Classificação do JGST com barra, considerando tempo máximo de sustentação e repetições máximas para atletas de judô da categoria juvenil masculino

Classificação	Tempo de sustentação		Repetições máximas	
	Absoluto (s)	Relativo ($kg.s^{-1}$)	Absoluto (rep)	Relativo ($kg.rep^{-1}$)
Muito ruim	≤ 7	≤ 626	≤ 2	≤ 226
Ruim	8-40	627-2.744	3-13	227-784
Regular	41-69	2.745-4.506	14-25	785-1.737
Bom	70-89	4.507-5.856	26-31	1.738-2.244
Excelente	≥ 90	≥ 5.857	≥ 32	≥ 2.245

Fonte: Agostinho *et al.* (2018)

Tabela 24 – Classificação do JGST com barra, considerando tempo máximo de sustentação e repetições máximas para atletas de judô da categoria júnior feminino

Classificação	Tempo de sustentação		Repetições máximas	
	Absoluto (s)	Relativo ($kg.s^{-1}$)	Absoluto (rep)	Relativo ($kg.rep^{-1}$)
Muito ruim	≤ 6	≤ 822	≤ 3	≤ 411
Ruim	7-34	823-3.158	4-15	412-1.158
Regular	35-65	3.159-4.732	16-28	1.159-2.026
Bom	66-75	4.733-5.713	29-30	2.027-2.366
Excelente	≥ 76	≥ 5.714	≥ 31	≥ 2.367

Fonte: Agostinho *et al.* (2018)

Tabela 25 – Classificação do JGST com barra, considerando tempo máximo de sustentação e repetições máximas para atletas de judô da categoria juvenil feminino

Classificação	Tempo de sustentação		Repetições máximas	
	Absoluto (s)	Relativo (kg.s^{-1})	Absoluto (rep)	Relativo (kg.rep^{-1})
Muito ruim	≤ 12	≤ 243	≤ 0	≤ 58
Ruim	13-26	555-1.514	2-5	145-350
Regular	27-55	1.515-2.932	6-16	351-799
Bom	56-74	2.933-3.405	17-22	800-1.142
Excelente	≥ 75	≥ 3.406	≥ 23	≥ 14

Fonte: Agostinho *et al.* (2018)

Apesar de o JGST ser razoavelmente de simples aplicação, nenhuma investigação foi realizada com os atletas de judô com deficiência visual ou intelectual, sendo, assim, uma perspectiva a ser explorada. As tabelas de classificação disponibilizadas, no entanto, podem auxiliar os treinadores a classificar seus atletas e monitorar os parâmetros de desempenho ao longo da temporada.

8

ASPECTOS DETERMINANTES DO DESEMPENHO TÉCNICO-TÁTICO NO JUDÔ ADAPTADO

A análise do desempenho técnico-tático nos esportes de combate é utilizada para compreender o modo pelo qual as habilidades esportivas são desempenhadas no decorrer das competições, fornecendo informações importantes para o planejamento anual competitivo. Analisar o perfil técnico-tático dos atletas de judô (e seus oponentes) permite compreender quais e como eles utilizam suas técnicas (projeções e técnicas de solo), em que momentos são utilizadas, como é a postura do atleta no ambiente competitivo (mais defensivo ou ofensivo), entre outros aspectos, buscando maximizar o desempenho ao longo do processo de preparação competitiva.

Grande destaque é estabelecido na habilidade do treinador em observar e analisar aspectos técnicos no desempenho competitivo. No entanto, isto se torna dificultoso durante o combate de judô, na medida em que os atletas mudam constantemente suas movimentações na tentativa de aumentar a vantagem em suas ações e dificultar a execução das técnicas dos seus oponentes (CALMET; AHMAIDI, 2004).

Uma das possibilidades de avaliar atletas de judô no ambiente de competição é por meio de filmagens dos combates. Com os vídeos registrados, atribuem-se então três maneiras de avaliar o desempenho: a) desempenho competitivo (percentual de vitórias, índices de eficiência, efetividade e escores); b) estrutura temporal dos atletas no decorrer dos combates; c) variação técnica (ADAM, 2012; ADAM *et al.*, 2013; MIARKA *et al.*, 2012, 2014).

Considerando o desempenho competitivo, uma das maneiras de avaliá-lo é identificando ações técnicas que ocorrem durante o combate de judô e os escores (pontuações obtidas), os quais são chamados de índices de efetividade de ataque ou defesa. Os índices são calculados pelo quociente do número de pontuações conquistadas pelo número total de técnicas aplicadas, multiplicado por 100, representado na Equação 2:

$$Efetividade = \frac{Número\ de\ pontuações\ conquistadas\ (n)}{Número\ total\ de\ técnicas\ aplicadas\ (n)} x\ 100$$

(Equação 2)

Para a efetividade de ataque, é considerada a quantidade de pontuação e a quantidade de técnicas aplicadas pelo atleta que está sendo analisado, ou seja, quanto menor o número de técnicas utilizadas para pontuar, mais efetivo é o atleta. Já a efetividade de defesa é calculada subtraindo de 100% a efetividade do adversário (ADAM; TYSZKOWSKI; SMARUJ, 2011). Sterkowicz e Maslej (1999) analisaram 92 combates em duas competições polonesas e calcularam a efetividade de ataque por grupo de técnicas. Estes autores observaram que 42% das técnicas efetivas foram de *te-waza*, 40% *ashi-waza*, 41% de *sutemi-waza* e apenas 1% de *koshi-waza*.

Diversos estudos têm utilizado esses índices para avaliação de atletas de elite e verificaram que, entre esses atletas, os índices de efetividade de ataque variaram entre 5% e 28,6%, enquanto os índices de efetividade de defesa variaram entre 96,9% e 100% em competições de nível nacional e internacional, respectivamente (ADAM *et al.*, 2013; ADAM; SMARUJ; TYSZKOWSKI, 2011).

Outra maneira de quantificar o desempenho em competição é utilizar o índice de eficiência de ataque, e este considera as pontuações obtidas pela pontuação (ADAM, SMARUJ; TYSZKOWSKI, 2011), conforme a Equação 3.

$$Índice\ de\ Eficiência\ de\ Ataque = (7xNW) + (10NI)$$

(Equação 3)

Onde:

NW= números de *wazari* obtidos em competições (pontuação média do judô)

NI= números de *ippon* obtidos em competição (pontuação máxima do judô)

Com o intuito de analisar o índice de eficiência de ataque em competições, Adam *et al.* (2013) descreveram o desempenho técnico-tático nos diferentes grupos de técnicas de projeção e domínio da seleção russa durante os Jogos Olímpicos de 2012. Foram constatados valores superiores nos atletas russos (*nage-waza* = 4,19; *katame-waza* = 1,03) em relação aos seus adversários (*nage-waza* = 1,613; *katame-waza* = 0). ADAM, SMARUJ; TYSZKOWSKI, (2011) analisaram o desempenho da seleção japonesa no Campeonato Mundial de 2010 e encontraram índices de eficiência superiores para os japoneses (*nage-*

-*waza* = 6,01; *katame-waza* = 0,98) em relação aos seus oponentes (*nage-waza* = 2,02; *katame-waza* = 0,12). Courel *et al.* (2014) encontraram valores similares ao analisarem os combates de finais e semifinais de 12 competições internacionais, verificando que os finalistas apresentavam maior eficiência de ataque (21,15%), quando comparados aos atletas perdedores da semifinal (3,24%).

Com relação à variação técnica, o judô é uma modalidade composta por diferentes grupos de técnicas de projeção e finalização. As técnicas são classificadas como *te-waza*, em que a predominância de ataques e defesas é baseada no braço, *koshi-waza* (quadril), *ashi-waza* (pernas) e *sutemi-waza* (sacrifício). No solo existem três grupos de técnicas: as de imobilização são classificadas como *osae-komi-waza*, as de estrangulamentos *shime-waza* e as de chaves articulares, como *kansetsu-waza*. Considerando estas classificações, existem 94 técnicas oficialmente reconhecidas, 67 técnicas de projeção e 27 técnicas de domínio (IJF, 2022). Franchini e Sterkowicz (2003) analisaram a quantidade de técnicas executadas com sucesso pelos medalhistas dos Jogos Olímpicos de 1996 e Campeonatos Mundiais de 1995 a 1997 e não encontraram diferença significativa na quantidade de técnicas utilizadas pelos medalhistas de prata e bronze, mas os campeões demonstraram maior efetividade nas técnicas de perna e menor efetividade nas técnicas de domínio.

Em relação à predominância das técnicas em competição, destaca-se o estudo de Heinisch (1997), ao analisar as Competições Olímpicas e os Torneios Europeus entre 1988 e 1995. Foi observado que os atletas preferiram técnicas de perna (*ashi-waza*), mais especificamente a técnica *uchi-mata*, seguida pela técnica de braço *seoi-nage*, de sacrifício *tani-otoshi* e de perna novamente *ko-soto-gari*. Em outro estudo que buscou investigar o perfil de atletas de alto rendimento com base em observações nos Campeonatos Mundiais (1995, 1997 e 1999) e nos Jogos Olímpicos de Atlanta (1996), Sterkowicz e Franchini (2000) observaram 4.813 ações e verificaram predominância de técnicas de *ashi-waza* (37%), seguidas por *te-waza* (29%), *sutemi-waza* (14,5%) e *ossae-waza* (7,7%). Resultados similares foram encontrados por Franchini, Takito e Bertuzzi (2005), que registraram ações técnicas de 13 atletas de alto rendimento em lutas simulados e observaram que estes atletas executavam, em média, 12 sequências de luta em pé (*tachi waza*), com elevado predomínio das técnicas de *ashi-waza* e *ne-waza*. Além disto, foi verificado um número médio de 15 ± 5 ataques por luta, em geral, baseados em 8 ± 3 técnicas diferentes. Essa variabilidade é uma característica importante para a obtenção de sucesso no combate.

Em relação aos aspectos de pegada e manutenção de pegada no judô, Adami e Couturier (1976) verificaram, no Campeonato de Montreal de 1976, que a pegada é um dos fatores que garantem o domínio da luta e a manutenção desta sobre a área de competição. Além disso, no contexto de combate, os atletas alternam ações, sendo a pegada o principal instrumento utilizado na interação entre eles e no controle do espaço para realização de fintas, preparação e manobras de ataque. Decorrente dessa característica, vale destacar que um importante aspecto na luta é a habilidade e velocidade em conquistar pegadas e ajustá-la de maneira eficiente no *judogi*, pois, com base nisto, acontece a realização de ataques efetivos rapidamente, assim como defesas eficazes sobre pegada (CALMET; MIARKA; FRANCHINI, 2010).

No estudo de Calmet e Ahmaidi (2004), que buscaram diferenciar ações técnico-táticas em função da classe de idade e da graduação, foram analisadas 108 atletas, 52 da categoria pré-juvenil, 24 da categoria juvenil, 12 juniores e 20 da categoria sênior. Os autores notaram que o número de técnicas utilizadas era maior nos atletas da classe sênior (n = 3,3) quando comparados aos atletas do pré-juvenil (n = 2,8). Somado a isso, os autores concluíram que os ataques eram organizados em diferentes direções, dependendo do oponente e dos objetivos definidos no sistema técnico-tático do lutador durante a competição, observando que os atletas de alto rendimento utilizaram 4,7 diferentes direções de ataque. Franchini e Sterkowicz (2003), valendo-se de 3.950 lutas dos Campeonatos Mundiais e dos Jogos Olímpicos disputados entre 1995 e 2001, objetivaram verificar a ocorrência de técnicas diferentes no último combate dos medalhistas, em comparação a outros combates da mesma competição. Os autores identificaram que 28,6% dos finalistas utilizavam técnicas não aplicadas nas fases eliminatórias e cerca de 10% dos medalhistas de bronze realizavam o mesmo.

A análise da estrutura temporal é outro meio de quantificar a luta de judô, considerando a relação de esforço e pausa. Sabe-se que a luta de judô tem duração de 4 minutos (tempo oficial, segundo as regras vigentes desde 2017), podendo se estender até um tempo indeterminado (*golden score*). No decorrer desse tempo, acontecem diversas pausas, nas quais podem ser computados o tempo de um ataque ou defesa nos momentos de combate ou ainda o tempo de trabalho total na luta de pé e na luta de solo. A análise temporal permite inferir estas informações sobre o esforço específico da luta de judô requerido durante os combates. Alguns aspectos importantes devem ser levados em consideração no momento em que forem analisadas as variáveis de estrutura temporal, como destacado por Miarka *et al.* (2014):

- Tempo total de combate: compreende o período de tempo no qual o árbitro iniciou (*hajime*), interrompeu (*mate*) e finalizou o combate (*soremade*).
- Tempo de luta em pé: compreende o período em que um ou ambos os lutadores realizaram o trabalho de técnicas de projeção (*nage-waza*) previsto pela regra.
- Tempo de pegada: compreende o tempo em que os atletas permaneceram executando a pegada (*kumi-kata*) sem a entrada de golpes.
- Tempo de deslocamento sem contato: compreende o período no qual o árbitro anunciou o início do combate (*hajime*) até a execução da pegada (*kumi-kata*).
- Tempo de luta de solo: compreende o período em que um ou ambos os lutadores realizaram o trabalho de técnicas de solo (*ne-waza*), previsto pela regra.
- Tempo de pausa: o tempo de recuperação que compreende o período entre o sinal de interrupção de combate (*mate*) e o sinal de reinício do combate (voz de comando *hajime*). Os comandos para paralisação da luta (*sono mama*) e reinício (*yoshi*) também são computados como recuperação.
- Razão esforço: pausa (E: P): quociente entre a duração total de esforço pelo tempo total de pausa durante a luta (respeitando as paradas do cronômetro).

Um dos estudos mais antigos na literatura no que diz respeito à análise da estrutura temporal é o de Castarlenas e Planas (1997), que identificaram atividades de 18,0 ± 8,5 s e intervalos de 12,4 ± 4,1 s durante o Campeonato Mundial sênior do ano de 1991. Mais tarde, Miarka *et al.* (2012) avaliaram a estrutura temporal de 1.811 combates oficiais de judô em atletas de diferentes faixas etárias: pré-juvenil (13-14 anos), juvenil (15-12), júnior (17-19) e sênior (> 20 anos) durante três competições regionais e uma estadual. Os combates foram avaliados utilizando o software FRAMI® (MIARKA; DEL VECCHIO; FRANCHINI, 2011). Os resultados mostraram que os combates da categoria juniores foram encerrados em 44% do tempo total de luta, ao passo que os da categoria sênior terminaram em 56% do combate. O tempo de pegada foi de 19% do tempo total de luta para os atletas da categoria juniores e 28% para os atletas da categoria sênior. Adicionalmente, o tempo de pausa foi igual em ambas as categorias, 14% para os atletas da categoria juniores, enquanto foram reportados 17% para o sênior. Os achados também mostraram que 29 combates da categoria juniores e 145 combates da categoria sênior chegaram ao tempo extra (*golden score*).

Monteiro (1995) quantificou as ações desempenhadas pelos atletas nos diferentes tempos de luta, sendo reportadas atividades de 25,8 ± 78 s para o primeiro minuto, 27,0 ± 9,0 s para o segundo minuto, 27,0 ± 9,7 s para o terceiro minuto, 22,4 ± 9,3 s para o quarto e quinto minuto 18,9 ± 10,4 s, respectivamente. Os intervalos foram de 9,5 ± 3,2 s para o primeiro, 10,4 ± 4,5 s para o segundo, 13,4 ± 7,6 s para o terceiro, 13,2 ± 7,3 s para o quarto e 13,9 ± 9,0 s para o quinto minuto. Já Wicks (c2006), ao analisar a temporalidade durante um torneio nacional em 2006, observou que cada combate possuía aproximadamente 4 minutos, intercalados por oito sequências de 30 s de esforço para 14 s de pausa. Del Vecchio *et al.* (2004) analisaram atletas finalistas nas diferentes fases do Campeonato Mundial de Judô de 2003 e verificaram o efeito da fase da competição sobre o tempo de luta, com diferenças ocorrendo entre a fase semifinal, com uma razão esforço: pausa entre 4:1, sendo a final entre 2:1. Porém, ao comparar estas ações com campeões e vice-campeões, não foram encontradas diferenças.

Calmet, Miarka e Franchini (2010) avaliaram o modelo de pegada de atletas de diferentes níveis competitivos, em que se observou que os atletas de maior nível perfaziam tempo inferior entre o domínio da pegada e a execução da técnica, enquanto os atletas iniciantes passavam longos períodos com a pegada dominada para posterior entrada da técnica. Essas informações indicaram que a dinâmica de luta é diferente de acordo com o nível competitivo dos atletas e deveria ser contemplada por treinadores durante as etapas de treinamento.

Valendo-se de uma vasta revisão bibliográfica, Franchini, Artioli e Brito (2013) apontaram que a razão "esforço: pausa" durante os combates oficiais de judô corresponde a 2:1 ou 3:1, ou seja, são realizados de 20 a 30 s de esforços intercalados por 10 s de interrupção. Dos achados, destaca-se que os aspectos técnico-táticos são fatores de extrema importância na luta de judô, principalmente no aperfeiçoamento do gesto motor específico, que se transfere para os momentos de combate em competição, assim como no entendimento das demandas de esforço, indicativas dos metabolismos energéticos envolvidos e das capacidades físicas a serem treinadas.

No judô adaptado, algumas particularidades devem ser levadas em consideração, principalmente na perspectiva de entender a dinâmica do combate, isso porque existem pequenas diferenças em relação à modalidade convencional. Na Figura 19 é exemplificado o modelo de combate de judô para atletas com deficiência visual.

Figura 19 – Modelo de combate do judô para pessoas com deficiência visual durante as lutas

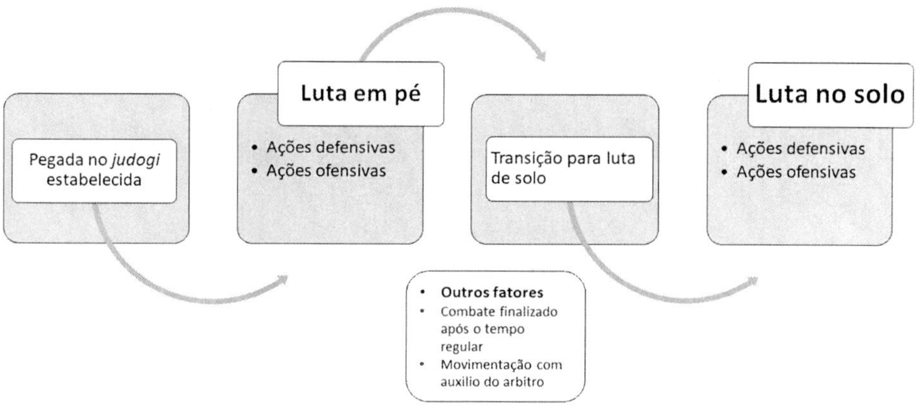

Fonte: adaptada de Krabben *et al.* (2019)

Exemplificando de maneira detalhada a Figura 19, o atleta de judô com deficiência visual inicia o combate já com a pegada estabelecida no *judogi*; posteriormente, os atletas tentam obter uma vantagem sobre o adversário. Eles então prosseguem para a luta em pé, na qual um deles tentará desequilibrar e arremessar (ações ofensivas), enquanto o outro tentará evitar ser arremessado (ações defensivas). Após um arremesso, acontece uma disputa contínua com uma progressão no solo. Durante a transição da luta em pé para a luta no solo, o atleta deve se adaptar rapidamente para iniciar a luta em uma posição vantajosa. Durante a luta, o atleta deve ter o objetivo de pontuar fixando ou finalizando o oponente (ações ofensivas), e o adversário deve impedir que o oponente realize pontos (ações defensivas). Se nenhum progresso na luta de solo for realizado dentro de um período de tempo razoável, o árbitro fará uma pausa na luta e auxiliará os atletas a levantarem, retornando-se ao início do combate, com as pegadas iniciais até o comando do árbitro para reiniciarem a luta. Durante os intervalos da luta, os técnicos podem dar a instrução em relação a placar, pontuação e tempo restante do combate.

Uma das principais diferenças da modalidade convencional é que os atletas com deficiência visual já iniciam o combate com a pegada estabelecida no *judogi*. Essa adaptação presumivelmente reduz as demandas visuais do esporte, tornando-o mais adequado para pessoas com deficiência visual, oferecendo a oportunidade de confiar amplamente em outras fontes de informação (por exemplo, tátil-cenestésica e auditiva). No entanto, é duvidoso que as adaptações das regras sejam suficientes para permitir que atletas de judô com diferentes graus de deficiência visual lutem de forma equivalente entre si. Análises recentes dos resultados da competição sugerem que, no sistema competitivo até 2021, judocas cegos podem estar em desvantagem ao competir contra oponentes com visão parcial (KRABBEN; ORTH; VAN DER KAMP, 2019; MASHKOVSKIY; MAGOMEDOVA; ACHKASOV, 2019). No entanto, não foram realizados estudos que relacionem diretamente medidas da visão funcional ao desempenho no judô. Estas informações são necessárias para determinar quantas classes são garantidas para o judô para pessoas com deficiência visual e como os limites entre as classes devem ser definidos (TWEEDY; VANLANDEWIJCK, 2011).

Gutierrez-Santiago *et al.* (2011) realizaram uma análise detalhada de uma competição oficial de judô para atletas com deficiência visual e verificaram que o tempo total de luta foi de 266 s para homens e 242 s para mulheres; o intervalo, entre 158 e 172 s; enquanto o tempo de ação durante os combates foi de 82 s e 54 s, o tempo de sequência da atividade foi de 19 s e 21 s para o masculino e feminino, respectivamente. Além disso, o tempo de luta, tempo de ação em combate, foi estatisticamente maior para os atletas do sexo masculino, dando, assim, alguns indícios de acompanhamento e prescrição de treinamento com base nesses resultados.

Para verificar diferenças na estrutura temporal entre a modalidade de judô com deficiência visual e a convencional, Gutierrez-Santiago *et al.* (2012) compararam os resultados encontrados em seu estudo anterior com os resultados encontrados por outros estudos. Os autores verificaram que o tempo total de combate foi maior para atletas da modalidade convencional (172 s) em comparação com atletas com deficiência visual (130 s). Além disso, o tempo de pausa para realizar uma sequência técnica foi menor para atletas da modalidade convencional (12 s) em comparação a atletas com deficiência visual (19 s); e, por fim, o tempo de sequência de trabalho também foi maior para atletas com deficiência visual (22 s) em relação à modalidade convencional (18 s). Esses dados fornecem indicadores importantes relacionados à diferença na estrutura temporal entre as modalidades e, consequentemente, a diferença em alguns aspectos devido à falta de visão.

No entanto, os autores não consideraram a diferença dentro da classificação esportiva em atletas de judô com deficiência visual (classes).

Na Tabela 26, são sumarizados valores de variáveis temporais da luta de judô para atletas com deficiência visual (Gutierrez-Santiago et al., 2012) e sem deficiência, mostrando um estudo com suporte das regras mais antigas (CASTANERLAS; PLANAS, 1997) e outro estudo com as regras mais próximas da atual (MIARKA *et al.*, 2012).

Tabela 26 – Parâmetros temporais da luta de judô entre atletas com deficiência visual e atletas da modalidade convencional

Estrutura temporal	**Atletas com deficiência visual (Gutierrez-Santiago et al., 2012)**	**Atletas da modalidade convencional (CASTANERLAS; PLANAS, 1997)**	**Atletas da modalidade convencional (MIARKA *et al.*, 2012)**
Tempo total de combate (s)	158 ± 151,7	101 ± 69	182 ± 109
Tempo total de trabalho (s)	130 ± 105,1	172 ± 88	--
Tempo total de trabalho em pé (s)	82 ± 73,6	125± 70	148 ± 92
Tempo total de trabalho no solo (s)	60 ± 49,4	54 ± 38	50 ± 37
Sequência de pausas (s)	6,9 ± 7, 4	7, 2 ± 4, 1	11 ± 10
Sequência de trabalho total (s)	12, 4 ± 4,	11 ± 7	--
Sequência de trabalho em pé (s)	7, 9 ± 7, 4	8, 2 ± 5,1	--
Sequência de trabalho no solo (s)	4,5 ± 4,9	3,0 ± 2,6	--
Tempo de sequência de trabalho (s)	19,6 ± 6,8	12,4 ± 4,1	--
Tempo de sequência de pausa (s)	22 ± 10,3	18 ± 8,5	--
Tempo de sequência em pé (s)	11,7 ± 6,7	17 ± 8,5	--
Tempo de sequência em solo (s)	12,9 ± 8,3	18 ± 14,3	--

Fonte:

Com base no exposto na Tabela 26, verificamos que diferenças em alguns aspectos relacionados à estrutura temporal de atletas de judô com e sem deficiência visual são evidentes nos parâmetros de tempo total de combate, tempo total de trabalho e tempo de trabalho em pé. Isso demonstra que parâmetros relacionados à visão são de extrema relevância para ações relacionadas à especificidade do judô, principalmente no âmbito competitivo.

Outro estudo que buscou comparar atletas entre a modalidade convencional (sem deficiência visual) e com deficiência visual foi o de Kons *et al.* (2018b), que analisaram pontuações, penalidades e índices de eficiência entre as duas modalidades com base nos resultados dos Jogos Olímpicos e Paralímpicos Rio 2016. Diferenças significativas foram encontradas no percentual de *wazari* (pontuação) e *shido* (penalidade), sendo maior para a modalidade convencional, porém o percentual de *ippon* foi significativamente maior para a modalidade judô para atletas com deficiência visual. Estes resultados mostram diferentes estratégias utilizadas pelos atletas para obter vitórias, uma vez que a visão parece ser um fator que explica tais características. Por exemplo, os atletas do judô convencional parecem obter vitórias por pontuações mais baixas (i.e., *wazari*) ou obrigando o adversário a receber penalidades, diferentemente dos atletas com deficiência visual.

A fim de testar o papel da visão no desempenho de atletas de judô, KRABBEN; ORTH; VAN DER KAMP, (2019) realizaram um experimento no qual atletas da modalidade convencional realizaram lutas simuladas em duas situações: com venda e sem venda. As lutas foram realizadas de forma que um dos atletas avaliados estivesse com os olhos vendados e o outro não; assim, todos os atletas foram avaliados nas duas situações. Nesse estudo, foram analisados o número de arremessos ocorridos em cada combate e o número total de pontuações de cada combate. Os resultados mostraram que, durante o experimento com os olhos vendados, os atletas tiveram menor número de arremessos (técnicas de projeção) e pontuações ao longo dos combates, demonstrando a importância da visão para a obtenção de pontuações e para um melhor desempenho durante os combates. No entanto, vale ressaltar que esses atletas não estavam habituados a lutar sem a visão, uma vez que não são pessoas com deficiência visual, o que pode ter mascarado alguns resultados.

Outros estudos investigaram o desempenho técnico-tático de atletas de judô com deficiência visual de acordo com as classes esportivas oficiais até 2021 (i.e., B1, B2 e B3). KRABBEN; ORTH; VAN DER KAMP, (2019) observaram que atletas classificados como B1 obtiveram menor número de medalhas durante as competições mundiais de 2014 e 2015 em comparação com atletas B2 e B3 (apenas 2% e 8% das medalhas, contra 27% e 29% dos atletas B2 e 24% e 19% dos atletas B3, respectivamente). Desse modo, parece evidente que atletas com deficiência visual total são menos propensos a conquistar medalhas em competições internacionais.

Em outra investigação, MASHKOVSKIY; MAGOMEDOVA; ACHKASOV, (2019) constataram que atletas B1 tiveram um percentual de 25% de vitórias (no ano de 2007) com queda de 6% após dez anos (2017) em Campeonatos Mundiais de Judô. Os atletas B2 e B3 conseguiram manter entre 50% e 35% das vitórias em lutas ao longo dos dez anos analisados, respectivamente. Isso reforça o fato de que, em longo prazo, os atletas B1 pioraram a desvantagem em comparação com outras classes.

Na perspectiva de identificar o padrão de desempenho técnico-tático de atletas das diferentes classes visuais, Kons *et al.* (2019b) analisaram as pontuações, punições, tipo de medalhas, índice de eficiência, variação técnica e variáveis de estrutura temporal. Os pesquisadores analisaram 340 lutas de atletas do sexo masculino e feminino, pertencentes às classes B1, B2 e B3 que participaram dos Jogos Paralímpicos de Londres 2012 e Jogos Paralímpicos Rio 2016. Os principais resultados do estudo foram: a) atletas da classe visual com maior acometimento (B1) obtiveram menor frequência de *ippon*, *wazary* e *yuko*, além de um menor índice de eficiência, quando comparados aos atletas das classes B2 e B3; b) atletas pertencentes à classe B1 levaram menor tempo para perder as lutas, obtiveram menor número de medalhas e, consequentemente, apresentaram uma razão de chance de 3,5 a 7,2 vezes menor de obter uma medalha de ouro, quando comparados à classe B2 e B3. Nesse estudo, os autores também conseguiram estabelecer o perfil de variações técnicas utilizadas pelos atletas nessas duas competições. As técnicas mais frequentes utilizadas pelos atletas, de forma geral, foram técnicas de projeções (~ 71,8%). Considerando os grupos de técnicas de projeção, atletas da classe B1 tiveram maior predominância do grupo de técnicas de sacrifício (37%), enquanto atletas da classe B2 obtiveram maior frequência de técnicas de braço (38%); e atletas da classe B3 maior frequência de técnicas de perna (40%).

A variabilidade técnica tem se tornado cada vez mais importante para o sucesso competitivo de atletas de judô (KONS *et al.*, 2022d), e, com o passar dos anos, o impacto das regras tem demonstrado cada vez mais uma adaptação dos atletas a determinadas técnicas. No judô para pessoas com deficiência visual, essa preocupação não é diferente, porém o fator deficiência visual pode ocasionar modificações nessas dinâmicas. No intuito de explorar esses aspectos, Kons *et al.* (2021a) analisaram a variabilidade das ações de 175 lutas dos Jogos Paralímpicos do Rio 2016. Os índices estabelecidos pelos autores foram: razão de vitória (número de lutas vencidas/total de lutas), índice de projeções por luta (número total de projeções que levaram a pontuação/total de lutas), razão de variabilidade técnica (número total de diferentes técnicas realizadas que levaram a pontuação/total de lutas) e índice de variação qualitativa, que é uma medida utilizada para avaliar quanto de amplitude existe dentro de uma variável nominal expressa com base na razão entre o número total de valores diferentes em todos os grupos. Os resultados do estudo apresentaram que existe uma boa correlação entre a razão de vitória e os índices de desempenho ($r = 0,57-0,73$, $p < 0,05$). Além disso, atletas da classe B1 possuem menor razão de vitória, índice de projeções por luta e razão da variabilidade técnica quando comparado aos atletas B2 e B3, porém sem diferença entre B2 e B3. Os resultados dessa investigação reforçam a importância de explorar medidas de desempenho efetivas que podem auxiliar diretamente no processo de identificação do perfil dos atletas e nas evidências baseadas na classificação esportiva do judô para pessoas com deficiência visual.

Considerando especificamente o padrão relacionado a estrutura temporal de atletas de judô com deficiência visual, Gutiérrez-Santiago, Gutiérrez e Prieto-Lage (2020) analisaram 133 lutas de mulheres participantes do Campeonato Mundial de Judô para pessoas com deficiência visual no ano de 2008. Os parâmetros de desempenho relacionados à estrutura temporal foram analisados considerando mudanças de regras, classes visuais e categorias de peso. Adicionalmente, os autores analisaram a frequência de lutas que finalizaram nos diferentes tempos do combate. Os principais resultados foram: a) o percentual de combates que terminaram no primeiro minuto foi de 36,8% ($n = 49$); no segundo minuto, foi de 27,1% ($n = 36$); terceiro, 18% ($n = 24$) e 15% ($n = 20$) durante o último minuto; apenas 3% ($n = 4$) finalizaram no *golden score*; b) em relação à estrutura temporal, nenhuma diferença foi encontrada para o grupo de variáveis relacionada ao tempo de sequência de ações durante a luta em pé, tempo de pausa antes de realizar as sequências das ações, tempo de movimentações durante as fases e tempo de sequência de técnicas nas lutas de solo.

Em resumo, com base no exposto até o momento, poucas investigações foram realizadas em atletas de judô com deficiência visual, quando comparadas aos estudos com atletas da modalidade convencional. Apesar disso, alguns achados importantes merecem ser destacados: a) atletas com maior acometimento visual (i.e., B1) tendem a pior desempenho em competição quando comparados aos atletas com menor acometimento visual (i.e., B2 e B3); b) atletas B1 possuem um padrão técnico diferente dos atletas parcialmente cegos; c) parece haver um maior percentual de técnicas de sacrifício nos atletas B1, possivelmente, pois é o grupo de técnicas que proporciona mais segurança para execução; d) atletas B1 apresentam baixo repertório técnico, devido a menor variabilidade de ações durante as competições oficiais.

9

PROPOSTAS DE ENSINO-APRENDIZAGEM-TREINAMENTO NO JUDÔ ADAPTADO

O ensino do judô para pessoas com deficiência deve seguir os mesmos preceitos didático-pedagógicos utilizados no ensino do judô para pessoas sem deficiência. No entanto, as particularidades de cada deficiência e de cada indivíduo devem ser consideradas no planejamento das atividades. Adaptações que priorizem estímulos compensados dos praticantes, como audição e tato nas pessoas com deficiência visual, ou a forma de abordagem dos conteúdos quando tratar de pessoas com deficiência intelectual são alguns exemplos.

9.1 Judô para pessoas com deficiência

No início e no fim da aula/sessão de treino de judô, é realizado o cumprimento ("*Rei*") ao mestre (Jigoro Kano) e ao *sensei* (professor). Posteriormente, em termos gerais, a sessão é composta por aquecimento, técnicas de amortecimento de queda, alguma estratégia de treino em *ne-waza*, trabalho de *tachi-waza*, luta simulada (*randori*) e volta à calma. Apesar de essa rotina ser comum nos clubes de judô em todo mundo, não deve ser executada de forma rígida ou engessada, devendo atender as particularidades culturais de cada local, da idade dos alunos, nível de treinamento, entre outros.

Inicialmente, um ponto importante ao se trabalhar com judô para pessoas com deficiência é pensar no local da prática, o *dojo*. Apesar de simples, a estruturação e organização do *dojo* com um todo, do tatame e dos demais materiais, é extremamente relevante ao se trabalhar com pessoas com algum tipo de necessidade, seja intelectual, seja física. Por exemplo, cantos, pilares, paredes, materiais no chão devem estar protegidos para maior segurança dos alunos.

Antes de abordarmos algumas propostas de ensino-aprendizagem no judô, é importante destacar alguns aspectos que possam auxiliar no processo de avaliação diagnóstica (antes de iniciar as aulas) e formativa (ao longo do processo de ensino), pensando no domínio motor, socioafetivo e cognitivo (OLIVIER, 2000).

Considerando o domínio motor, um dos objetivos prioritários no ciclo das aprendizagens fundamentais é desenvolver no aluno sua capacidade de agir e de adaptar-se (OLIVIER, 2000). Para pessoas com deficiência, o professor deve procurar transmitir informações fundamentais para o início da prática. Alguns questionamentos devem ser levantados, como: O aluno iniciante é capaz de se ajoelhar e se curvar para realizar o cumprimento inicial? Ou será que é necessário algum tipo de ajuda de acordo com a sua limitação? Depois desse diagnóstico, o professor pode realizar atividades básicas para auxiliar no ensino desses movimentos iniciais, adaptando-os, quando necessário.

No domínio cognitivo, é possível analisar se o iniciante consegue seguir instruções simples, independentemente se precisa ou não de uma ajuda mais específica, de acordo com a deficiência (no caso da deficiência visual, por exemplo, o praticante ser guiado). Neste caso, professores podem utilizar-se de feedback verbal e não verbal para o praticante iniciante, considerando o tipo de deficiência do aluno. Com isso, também é interessante identificar a forma de reação desse aluno conforme o tipo de feedback (verbal, tátil ou gesticular) utilizado. Além disso, uma combinação dos diferentes tipos de feedback pode auxiliar na melhora do aluno, especialmente porque diferentes adaptações sensório-motoras são adquiridas pelos praticantes ao longo do processo de ensino-aprendizagem esportiva. Sendo assim, sentidos relacionados à audição ou aspectos táteis são compensados em praticantes de judô, especialmente praticantes com deficiência visual (KONS *et al.*, 2021c).

No domínio socioafetivo, a capacidade de socialização e interação com o *sensei*, colegas e familiares deve ser avaliada. Especificamente durante as aulas, deve-se ter em mente questões de como o aluno lida com a oposição, com o contato físico frequente (i.e., pegar, agarrar e imobilizar) e o controle de emoções, principalmente a agressividade que pode ser aflorada nessas situações (OLIVIER, 2000). É importante também que questões como respeito às regras, relativização da vitória e reconhecimento da derrota sejam trabalhadas.

9.2 Estratégias didático-pedagógicas para o ensino do judô para pessoas com deficiência

Antes de destacarmos algumas estratégias que podem ser utilizadas para o ensino do judô para pessoas com deficiência visual, intelectual e física, vale apontar alguns equipamentos e acessórios que podem auxiliar nesse processo de ensino-aprendizagem, sendo estes:

- Fitas adesivas;
- Linhas de barbantes;
- Tatames cortados;
- Faixas com diferentes tamanhos;
- Faixas com diferentes texturas;
- *Judogi* com diferentes texturas;
- Garrotes;
- Equipamentos sonoros.

Estes são alguns dos equipamentos que auxiliam a desenvolver os aspectos motores dos praticantes de judô com algum tipo de deficiência, principalmente porque esses detalhes ajudam a desenvolver ainda mais os estímulos supercondensados.

Nos últimos anos, diversos autores têm focado esforços em desenvolver estratégias de ensino-aprendizagem das lutas e artes marciais para crianças e adolescentes (MORALES AZNAR *et al.*, 2022b; OLIVIER, 2000; PEREIRA *et al.*, 2017). Apesar de algumas diferenças entre as proposições, para os autores supracitados os jogos de luta têm se mostrado uma das estratégias mais bem-aceitas na literatura atual. De acordo com Pereira *et al.* (2017), a sistematização pedagógica pautada no jogo proporciona ao educando (aluno) uma gama de possibilidades positivas; e ao educador, dentro da realidade em que se encontra, a oportunidade de elaborar aulas organizadas e sistematizadas conforme a compreensão da rede dos jogos de lutas. Segundo os autores, a rede dos jogos de luta apresenta, em seu núcleo, o jogo/luta que estabelece conexões com os três contatos: contínuo, intermitente e mediado por implemento. Ela forma conexões com as lutas específicas e com os jogos de lutas que se conectam entre si e com todo o conteúdo, formando relações, conforme mostra a Figura 20.

Figura 20 – Representação da rede dos jogos de luta

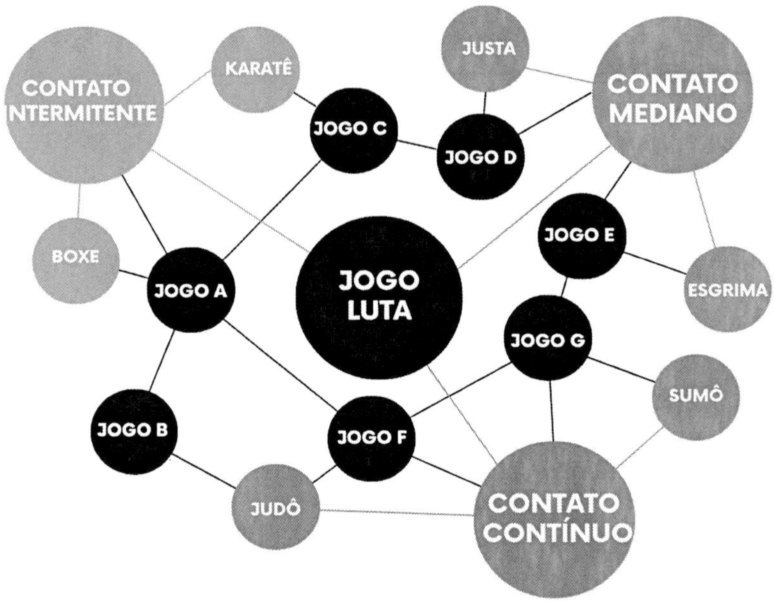

Fonte: o autor, adaptada de Pereira *et al.* (2017)

Ainda nessa perspectiva, Olivier (2000) destaca a riqueza dos jogos de luta em nível motor, cognitivo e socioafetivo. Segundo o autor, toda a riqueza de relações de oposição e de cooperação permitida pelos jogos de luta oferece à criança, ao contrário da briga de pátio, a possibilidade de confrontar-se com o outro em um contexto que considere suas motivações, suas possibilidades dentro de uma preocupação educativa.

Segundo Olivier (2000), as ações motoras específicas dos jogos de luta, em geral, são: agarrar, reter, desequilibrar, imobilizar, esquivar, resistir e livrar. Dentro dessas ações, foram pensadas seis categorias de jogos de luta: a) jogos de rapidez a atenção; b) jogos de conquista de objetos; c) jogos de conquista de territórios; d) jogos para desequilibrar; e) jogos para reter, imobilizar e livrar-se; f) jogos para combater. Essa sequência de jogos considera uma progressão nos três domínios (motor, cognitivo e socioafetivo). O Quadro 5 mostra um exemplo de competências motoras, cognitivas e atitudinais solicitadas para a realização das atividades de luta do primeiro e último grupo[2].

[2] Para detalhamento dos seis grupos de jogos de oposição, ver OLIVIER, J. C. **Das brigas aos jogos com regras**: enfrentando a indisciplina na escola. Porto Alegre: Artes Médicas Sul, 2000.

Quadro 5 – Competências motoras, cognitivas e atitudinais em atividades dos Grupos 1 e 6

Grupo de jogos	Competências motoras	Competências cognitivas e atitudinais
Grupo 1: Jogos de rapidez a atenção	- Deslocar-se rapidamente em pé para atacar ou esquivar-se; - Deslocar-se rapidamente no solo para atacar ou esquivar-se; - Reagir aos deslocamentos do outro; - Coordenar deslocamentos sequenciais; - Mudar de posição rapidamente para defender-se.	- Ser atento e vigilante; - Dar prova de iniciativa e oportunidade; - Compreender instruções, respeitá-las e executá-las; - Aceitar regras; - Aceitar a derrota; - Situar-se em um espaço delimitado.
Grupo 6: Jogos para combater	- Agir como um atacante e, ao mesmo tempo, atacado; - Realizar ações motoras utilizando todos os grupos de jogos.	- Aceitar, suportar e procurar o contato físico; - Ser muito ativo e, ao mesmo tempo, controlar suas emoções e agressividade; - Relativizar a vitória e reconhecer a derrota.

Fonte: Olivier (2000)

De maneira semelhante, Morales Aznar *et al.* (2022) propuseram cinco fases (grupos) que constituem atividades progressivas para o ensino das lutas, quais sejam: a) aceitação do contato; b) competição por um objeto; c) competição por espaço; d) competição por contato; e) competição pela posição do corpo.

A fase 1 é considerada uma introdução, pois muitas vezes há reticências para iniciar o contato em crianças (especialmente entre meninos e meninas). Esse passo é usado a fim de introduzir progressivamente os participantes para aceitar o contato físico, usando atividades em que é necessário tocar "segurando", "abraçando" ou "carregando" o colega. O objetivo é que os participantes obtenham um nível de conforto com o contato antes de progredirem para a próxima fase.

Já a fase 2 é a primeira em que se propõe a oposição "direta" entre os participantes. Aqui, estes são incentivados a se engajar em ações que exigem que eles se desafiem por um elemento externo ao corpo, como uma bola ou um lenço. Consequentemente, essas ações podem diminuir a carga emocional do confronto. Sugere-se que um participante inicie/ataque enquanto o outro defende, e depois acontece a troca de papéis. No entanto, isso pode ser adaptado para vários participantes atacando e defendendo ao mesmo tempo.

Na fase 3 são propostas atividades com um componente mais estratégico, pois, embora o espaço seja um elemento material (e.g., um círculo montado com base em faixas), é identificado como um elemento mais próximo do que o espaço pessoal. O objetivo dessas atividades é empurrar o oponente para fora de um espaço designado, manter seu corpo dentro do espaço ou alcançar um espaço designado. Puxar, empurrar ou bloquear é ação típica usada durante essas atividades.

Na fase 4 a progressão é mais evidente, uma vez que os participantes começam a atuar diretamente no corpo dos outros participantes, o que é uma característica definidora da maioria dos esportes de combate. Essas atividades exigem contato com diferentes partes do corpo e conforme especificado nas regras específicas. Nessa fase, as atividades devem ser configuradas para ter um dos parceiros como "atacante" e o outro como "defensor".

Por fim, a fase 5 é considerada a mais parecida com a prática das lutas (por exemplo, lutas de agarre, como judô, jiu-jitsu e luta greco-romana). Essa fase envolve ações de pegada, desequilíbrio e manutenção de uma variedade de posições no solo, que são muito semelhantes às técnicas de imobilização e projeções usadas nas lutas de agarre.

Todas as proposições de jogos de luta e atividades aqui descritas podem ser adaptadas para o ensino do judô para pessoas com deficiência. Para isso, sugere-se utilizar algumas estratégias com base em acessórios extras ou estímulos compensados, como exemplificado no Quadro 6.

Quadro 6 – Exemplos de atividades em cada fase de aprendizagem das ações do judô, com e sem adaptações, conforme as deficiências elegíveis (visual, intelectual e física) para a prática do judô

Grupo de atividades	**Exemplo sem adaptação**	**Exemplo com adaptação**
Aceitação do contato	*Tornado*: os praticantes permanecem deitados no chão com as respectivas cabeças juntas e os pés afastados um do outro. Dessa posição, eles devem levantar os braços acima da cabeça e apertar as mãos um do outro e começar a rolar pelo tatame.	Os praticantes permanecem deitados no chão com as respectivas cabeças juntas e os pés afastados um do outro. Dessa posição, eles devem levantar os braços acima da cabeça e apertar as mãos um do outro e começar a rolar pelo tatame. No entanto, o professor pode utilizar no tatame uma linha tracejada colada para guiar os atletas, ou estímulos sonoros para realizar o movimento de forma intervalada.
Competição por um objeto	*Tira bola*: o objetivo principal dessa atividade é a retirada da bola do adversário durante uma atividade no solo.	O professor pode realizar a atividade com bolas de diferentes tipos de texturas. Vale ressaltar que, para pessoas com deficiência visual, a atividade deve começar com ambos os participantes já segurando a bola.
Competição por espaço	*Buraco negro*: dois participantes seguram-se pelos ombros sobre um círculo desenhado no chão entre eles. O objetivo é fazer com que o outro participante entre, encoste ou seja projetado dentro do círculo.	O círculo pode ser feito de diferentes materiais, na ideia de estimular a percepção tátil dos participantes. Exemplo: barbantes colados com fita, faixas de judô, bambolês ou outros tipos de panos, utilizando a mesma estratégia de tentar fazer com que o participante tente encostar no círculo.
Competição por contato	*Tocar a cabeça*: iniciando-se com uma pessoa em pé e outra deitada em decúbito dorsal. O parceiro em pé tenta tocar a cabeça do parceiro que estará deitado o máximo de vezes possível.	O professor conduziria os dois alunos usando estímulos sonoros diferentes para realizar as modificações para os diferentes lados (exemplo, girando para o lado direito, um tipo de estímulo sonoro, girando para o lado esquerdo, outro tipo de estímulo sonoro). Essa atividade também pode ser realizada valendo-se de acessórios que possibilitam estimular o sentido tátil.

Grupo de atividades	Exemplo sem adaptação	Exemplo com adaptação
Competição pela posição do corpo	*Círculo de força*: em grupos de quatro, todos devem dar as mãos em círculo. O objetivo é fazer seus parceiros caírem. É permitido executar um "*harai*" (técnica de varredura com o pé ou membro inferior).	Seguindo a mesma lógica, o professor adicionará espaços delimitados com acessórios que auxiliam no desenvolvimento do estímulo tátil (exemplo, panos, cordas, faixas, entre outros) e realizar o início da atividade com base em estímulos sonoros.

Fonte: autores (2022)

No ensino-aprendizagem de algumas situações específicas do judô, alguns estímulos sonoros e táteis podem ser adotados para auxiliar nesse processo. Estudos prévios mostraram que atletas com deficiência visual tem melhor resposta motora com comandos oriundos de estratégias sonora e tátil (BROSS; BORENSTEIN, 1982; HÖTTING; RÖDER, 2009). Isto porque possivelmente pessoas com deficiência visual tem uma melhor habilidade de percepção de toque nas extremidades (mãos e pés), além de adaptações nos mecanismos de audição central, que possibilitam responder de forma mais rápida a uma ação motora desejada.

Especificamente no judô, Kons *et al.* (2021c) observaram que atletas de judô com deficiência visual responderam melhor à adaptação sonora quando comparada à tátil na execução do SJFT, porém ambas foram melhores que o modelo sem adaptação (ver subcapítulo 7.3 para mais informações). Portanto, a utilização desses estímulos (sonoros ou táteis) parece ser uma estratégia interessante no ensino do judô. No Quadro 7, destacamos alguns exemplos de ensino de habilidades técnicas específicas no judô (*tai-sabaki, o-soto-gari* e *tai-otoshi*), com base em estímulos sonoros e táteis.

Quadro 7 – Exemplificação do ensino de habilidades técnicas específicas do judô, considerando estímulos sonoros e táteis para atletas de judô com deficiência visual

Habilidade técnica	Estímulo sonoro	Estímulo tátil
Tai-sabaki (movimentação natural do judô)	Em duplas, os praticantes movimentam-se conforme o som das palmas proferidas pelo professor. A intensidade pode ser estabelecida de acordo com o volume da palma (mais alto, mais rápido, mais baixo, mais devagar).	Em duplas, os praticantes movimentam-se com base em uma linha de barbante colocada sobre o tatame, com suporte de uma fita durex. O professor pode fazer o desenho que deseja para os atletas seguirem e alternar a intensidade com base nas diferentes texturas da linha ou da fita.
O-soto-gari (técnica de projeção com as pernas)	O ensino dessa técnica pode ser realizado de forma pausada, em que o professor ensina o aluno cada posição de forma separada, estabelecendo um tipo de som para cada posição (aproximação, uma palma; entrada da técnica, duas palmas; e assim sucessivamente para as outras ações).	Nessa situação, o professor colocará a linha de barbante como um guia para a realização da técnica. Sendo assim, haverá o passo a passo da técnica, desde o momento de aproximação até o momento de execução da técnica. O desenho com o barbante ficaria na forma de um "N".
Tai-otoshi (técnica de projeção com os braços)	O professor deve realizar o som no passo a passo da técnica, demonstrando a direção de execução, ou seja, inicialmente se posiciona lateralmente e realiza o som, depois se desloca para o outro lado e realiza o som para o atleta realizar a rotação de tronco (já com a pegada estabelecida) e, após isto, o som para a projeção.	O professor pode utilizar a mesma estratégia da técnica anterior, porém a fita alocada no tatame ficará em formato de um "L" invertido. O atleta percorrerá a marcação, realizará a pegada no *judogi* e executará a técnica. Ainda é possível realizar adaptações da técnica em movimentação, no entanto o professor deverá realizar a alocação das fitas nos caminhos de movimentação.

Fonte:

Algumas entidades organizacionais também têm focado esforços e proposto materiais de orientação para treinadores enfatizando o ensino do judô para pessoas com deficiência. Por exemplo, a Academia Brasileira Paralímpica produziu em 2022 um manual denominado *Iniciação ao esporte paralímpico: judô,* em que são apresentados diversos aspectos, desde de adaptações de materiais e equipamentos, estratégias de intervenção, propostas metodológicas e exemplos de atividades para o ensino do judô para pessoas com deficiência física e intelectual. O *Erasmus+ Programme of the European Union* lançou em 2022 um *handbook* chamado *Adaptative judo best practice* para pessoas com deficiência intelectual, especialmente no espectro de autismo, contendo métodos de ensino, guia de atividades e benefícios da prática para esse tipo de população. No próximo subcapítulo, serão apresentados alguns estudos mostrando efeitos da prática do judô em crianças e adolescentes no espectro de autismo.

9.3 Efeitos da prática do judô em crianças e adolescentes no espectro de autismo

Recentemente, um grupo de pesquisadores realizou algumas investigações acerca dos efeitos da prática de judô em crianças no espectro de autismo. Entre eles, Garcia *et al.* (2020a) analisaram 14 crianças/adolescentes com idades entre 8 e 17 anos após oito semanas de aulas de judô e seus efeitos sobre a redução do comportamento sedentário. As atividades realizadas estão apresentadas no Quadro 8. Os resultados mostraram que os participantes dobraram seu nível de atividade física diária (4% para 8% após a intervenção), indicando que a prática de judô auxiliou no aumento de atividade física para pessoas com transtorno do espectro de autismo.

Quadro 8 – Programa de atividades de judô para crianças no espectro de autismo, no período de oito semanas

Organização	Atividades
Aquecimento	• Corrida leve • Deslocamento lateral • Urso rastejador • Caminhada de pato • Movimento de círculos com o braço • Alongamentos
Projeção do corpo	• Técnicas de queda (*ukemi*) • Rolando para trás e batendo no tatame • Caindo para trás na posição de agachamento • Caindo para trás de pé

Organização	Atividades
Movimentos posturais/ coordenativos	• Técnicas de projeções do judô • *Tai-sabaki* (movimentação individual) • Aplicação da técnica *o-soto-gari* • Disputa de pegadas no *judogi* • Técnica de solo (*yoko-shiho-gatame*) • Técnica de solo (*kesa-gatame*) • Técnicas de contragolpe • Simulação de combate adaptada
Exercícios de atenção e relaxamento	• Exercício de respiração profunda • Fechar os olhos e concentrar-se na respiração • Reflexão sobre os movimentos da prática

Fonte:

Em outra investigação, Rivera *et al.* (2020) analisaram o efeito de oito semanas de prática de judô sobre fatores comportamentais em 25 crianças e adolescentes (idade entre 8-17 anos) no espectro de autismo. As sessões incluíram aspectos formais do judô (i.e., saudação, descrição de alguns movimentos), técnicas de amortecimento de queda, exercícios em duplas, atividades de equilíbrio/desequilíbrio, seguindo uma progressão e variando níveis de intensidade. Embora os autores não tenham encontrado mudanças significativas nas pontuações de um questionário de comportamento, as entrevistas com os pais revelaram que 78% deles observaram melhorias em habilidades sociais e autoestima como resultado do programa de judô.

Morales Aznar *et al.* (2021) realizaram outro estudo com o objetivo de comparar comportamentos repetitivos, interação social, comunicação social, respostas emocionais, estilo cognitivo e pontuação de fala desadaptativa em quatro momentos: *baseline*, após um período de controle de oito semanas, após uma intervenção de judô de oito semanas e após um período de bloqueio de oito semanas devido ao afastamento em função da pandemia da Covid-19. Participaram desse estudo nove adolescentes (9-13 anos) no espectro de autismo. Melhorias significativas foram mostradas após a intervenção de judô (presencial) em comparação com *baseline* e período-controle. No entanto, os mesmos valores diminuíram significativamente durante o período de atividades remotas, resultando em valores inferiores aos registrados no *baseline*, seguido pelo período de controle e intervenção.

O declínio dos escores psicossociais e comportamentais deve-se provavelmente ao estresse causado pela interrupção repentina da atividade e pelo aumento do sedentarismo associado ao período de isolamento social.

Renziehausen *et al.* (2022) investigaram o efeito de um programa de prática do judô nos níveis de cortisol (indicador de estresse) em crianças e adolescentes no espectro de autismo. Participaram 12 crianças/adolescentes, e o programa de práticas seguiu o protocolo de Garcia *et al.* (2020a). Os resultados apresentaram uma diminuição nos níveis de cortisol principalmente dos adolescentes, indicando que provavelmente houve uma redução dos níveis de estresse neles.

Em resumo, algumas evidências apontam que a prática de judô parece ser efetiva na melhora de aspectos comportamentais, psicossociais, aumento dos níveis de atividade física e diminuição dos níveis de cortisol de crianças e adolescentes no espectro de autismo. No entanto, ainda é necessário formar estudos com um maior número de participantes, analisando os diferentes níveis do espectro de autismo, sexo, entre outros.

10

CONSIDERAÇÕES FINAIS E PERSPECTIVAS DE INVESTIGAÇÃO

Apesar de já haver evidências científicas em diversos campos de investigação do judô adaptado, como destacadas ao longo desta obra, a literatura, de modo geral, ainda carece de estudos nas modalidades de judô para pessoas com deficiência visual, física e intelectual. Neste capítulo final, alguns pontos relacionados a futuras investigações envolvendo atletas de judô com algum tipo de deficiência serão abordados, principalmente com o intuito de estabelecer pesquisas com perspectivas práticas e com direcionamento para a equipe multidisciplinar que atua nessas modalidades do judô.

10.1 Investigações com base nas novas classificações

Recentemente, a classificação do judô para pessoas com deficiência visual foi modificada, dividindo os atletas em dois grupos com base nos resultados do teste de acuidade visual (J1 e J2; mais informações, ver capítulo 3). Com isso, as categorias de peso foram reduzidas, e o número de atletas também tende a reduzir, uma vez que os atletas ficaram divididos em dois grupos nas competições. Assim, novas investigações devem ser realizadas a fim de compreender o impacto dessa mudança no desempenho competitivo dos atletas, no perfil técnico-tático de cada classe e, principalmente, se a mudança proporcionou maior equidade entre os atletas da mesma categoria, pois essa é a principal justificativa para a mudança.

São recomendadas também investigações que busquem avaliar aspectos de desempenho físico dos atletas, fornecendo indicativos do perfil de aptidão física de cada categoria, além de compreender respostas fisiológicas e neuromusculares em face do treinamento dos atletas com deficiência visual. Vale ressaltar que os diferentes graus de acometimento da deficiência visual podem ocasionar diferentes respostas na realização de gestos motores específicos, principalmente devido às adaptações associadas a locomoções do dia a dia. Ainda, analisar respostas psicológicas em ambientes de treinamento e competição, processo de perda rápida de peso, sistema de ranqueamento mundial e outros fatores relacionados ao desempenho de cada classe, de maneira geral, é lacuna que ainda precisa ser superada.

Por fim, pesquisas com o judô para pessoas com deficiência física e intelectual ainda são pouquíssimo exploradas, abrindo grandes lacunas na literatura relacionadas a desempenho competitivo, perfil técnico-tático, demandas físicas, entre outros fatores importantes para entender esse público.

10.2 Impacto das mudanças de regras

As regras no judô convencional e adaptado têm sido amplamente modificadas ao longo dos últimos anos (BARRETO *et al.*, 2021, 2022; CALMET *et al.*, 2017a, 2017b; KATICIPS *et al.*, 2018). Essas investigações auxiliam no processo de entendimento da adaptação dos atletas às novas regras e, consequentemente, seu comportamento em situação competitiva. No judô para pessoas com deficiência visual, física e intelectual, nenhuma investigação foi realizada até o momento, sendo uma lacuna a ser preenchida.

10.3 Origem da deficiência

Curiosamente, atletas em alguns esportes relatam que pessoas que adquirem a deficiência mais tarde em seu desenvolvimento podem ter vantagem ou desvantagem quando comparados a atletas com deficiência congênita (KONS; PATATAS, 2023). Um estudo Delphi realizado com especialistas em esportes para atletas com deficiência visual encontrou alguns problemas em relação à origem da deficiência dos atletas, principalmente relacionado à equidade nas situações competitivas para pessoas com deficiência visual (RAVENSBERGEN *et al.*, 2016). Com base nas evidências atuais, é difícil determinar com total certeza se uma pessoa com deficiência visual estará em vantagem ou desvantagem considerando a idade em que adquiriu o tipo de deficiência. Por outro lado, é importante discutir e refletir no meio científico se um atleta com deficiência adquirida mais tarde poderá ter alguma vantagem competitiva sobre um atleta com deficiência idêntica, mas congênita.

A visão é cada vez mais entendida como tendo um papel muito importante na maneira pela qual as habilidades motoras são aprendidas. Foi descoberto um sistema de "células cerebrais de neurônios-espelho" que são ativados tanto quando alguém realiza uma ação quanto quando observa outra pessoa realizando uma ação semelhante (RIZZOLATTI; CRAIGHERO, 2005). Essa perspectiva está alinhada com a teoria da "codificação comum", o que sugere que há uma forte ligação entre representações perceptivas (para o que é visto e ouvido) e representações motoras (para ações que são realizadas) no cérebro (PRINZ; PRILLER, 2014). Com base nisso, é importante ressaltar que, quando um movimento é visto, o sistema de ação é preparado para repeti-lo, e é nessa base que muitas habilidades motoras podem ser aprendidas, imitando as ações dos outros. Como resultado, é possível que um indivíduo com deficiência visual congênita possa ter sua capacidade de aprendizado dificultada na aquisição de habilidades motoras para a realização das tarefas esportivas. Consequentemente, em esportes que exigem que o atleta aprenda movimentos complexos, como o judô, é possível que a visão em momentos anteriores dê uma vantagem no processo de aquisição das habilidades motoras, diferentemente do atleta com deficiência congênita, uma vez que este não tem definido um modelo visual.

Vale ressaltar que também há motivos para acreditar que uma pessoa competindo com base em uma deficiência adquirida pode estar em desvantagem em alguns esportes quando comparada a uma pessoa com deficiência congênita. Por exemplo, um atleta com um problema congênito terá tido mais oportunidade de adaptar-se e acostumar-se à imparidade. Além disso, uma compreensão cada vez maior da plasticidade do cérebro sugere que aqueles com deficiência visual congênita também podem ter experimentado uma possível "substituição sensorial", em que suas sensibilidades a outras informações sensoriais (e.g., audição e toque) são aprimoradas para compensar a perda de visão (RAUSCHECKER, 1995). A área do cérebro tipicamente dedicada à visão é conhecida por ser recrutada para o processamento de outras informações sensoriais em pessoas com deficiência visual de classificação congênitas, e isso pode explicar, pelo menos em parte, sua maior sensibilidade a outras informações sensoriais (COHEN *et al.*, 1997). Assim, se há maior sensibilidade a outras informações sensoriais, estas são úteis na aquisição e/ou desempenho de uma habilidade motora, podendo proporcionar uma vantagem para aqueles indivíduos com deficiência congênita.

No judô para atletas com deficiência visual, recentemente, Kons *et al.* (2023) observaram que não houve diferença no desempenho do SJFT adaptado (estímulos sonoro e tátil) entre atletas que tiveram a origem da deficiência adquirida e congênita. No entanto, em ambos os grupos, o desempenho nos testes adaptados foi superior à situação-padrão (sem adaptação). Esses resultados sugerem que a origem da deficiência (congênita ou adquirida) não teve efeito sobre o desempenho e que as adaptações com estímulos táteis e sonoros parecem ter um papel mais importante nessa avaliação. No entanto, ainda existem lacunas a serem exploradas nesse tema para entender se de fato a origem da deficiência pode prejudicar a equidade entre os atletas de judô adaptado.

10.4 Considerações finais

Por fim, diferentes temáticas envolvendo o judô adaptado precisam ser exploradas, principalmente destacando as perspectivas apresentadas anteriormente. Vale ressaltar que o judô adaptado para pessoas com deficiência intelectual e física é recente (última década), e pouco tem sido evidenciado na área das Ciências do Esporte. Diante desse cenário, esta obra procurou elucidar diferentes aspectos envolvendo o judô adaptado, sendo um primeiro passo em um campo ainda carente de investigações.

REFERÊNCIAS

ACHE-DIAS, J. *et al.* Is the handgrip strength performance better in judokas than in non-judokas? *Science et Sports*, France, v. 27, n. 3, p. 9-14, 2012.

ADAM, M. A profile of Adriana Dadci's individual technical-tactical preparation. *Baltic Journal of Health and Physical Activity*, Gdansk, v. 4, n. 1, p. 35-43, 2012.

ADAM, M. A profile of Pawel Nastula's individual technical-tactical preparation. *Archives of Budo Science of Martial Arts and Extreme Sports*, Warsaw, v. 9, p. 69-75, 2013.

ADAM, M. *et al.* Characteristics of technical-tactical preparation of Russian men's judo representation during the Olympic Games in London in 2012. *Baltic Journal of Health and Physical Activity*, Gdansk, v. 5, n. 4, p. 249-260, 2013.

ADAM, M.; SMARUJ, M.; TYSZKOWSKI, S. The diagnosis of the technical-tactical preparation of judo competitors during the World Championships (2009 and 2010) in the light of the new judo sport rules. *Archives of Budo*, Warsaw, v. 7, n. 1, p. 5-9, 2011.

Adami JP, Couturier G. Vers une approchenouvelle du judo de haut-niveau. Paris, Sportet plein air, v. 3, p. 14-20, 1976

AGOSTINHO, M. F. *et al.* Comparison of special judo fitness test and dynamic and isometric judo chin-up tests' performance and classificatory tables' development for cadet and junior athletes. *Journal Exercise Rehabilitation*, Seoul, v. 14, p. 244-252, 2018.

AGOSTINHO, M. F. *et al.* Training perceived intensity and performance changes quantification in judo. *Journal of Strength Conditioning Research*, Champaign, v. 29, n. 6, p. 1.570-1.577, 2015.

ALMANSBA, R. *et al.* Reliability of the uchikomi fitness test: A pilot study. Reliability of the uchikomi fitness test. *Science & Sports*, v. 27, n. 2, p. 115-118, 2012.

ASTLEY, C.; SOUZA, D.; POLITO, M. Acute caffeine ingestion on performance in young judo athletes. *Pediatric Exercise Science*, United States of America, v. 29, p. 336-340, 2017.

ARTIOLI, G. G. *et al.* Development, validity and reliability of a questionnaire designed to evaluate rapid weight loss patterns in judo players. *Scandinavian Journal of Medicine & Science In Sports*, v. 20, n. 1, p. e177-e187, 2010.

ARTIOLI, G. G. *et al.* et al. It is time to ban rapid weight loss from combat sports. Sports medicine, v. 46, p. 1579-1584, 2016.

BARRETO, L. B. M. *et al.* Judo combat time, scores, and penalties: review of competition rules changes between 2010 and 2020. *Revista de Artes Marciales Asiáticas,* León, Spain, v. 17, n. 1, p. 19-1.27 2022.

BARRETO, L. B. M. *et al.* Road to Tokyo Olympic Games: do new judo rules change the technical-tactical behaviour of elite male athletes? *International Journal of Performance Analysis in Sport,* United Kingdom, v. 21, n. 6, p. 1.140-1.148, 2021.

BENNELL, KL. *et al.* The incidence and distribution of stress fractures in competitive track and field athletes: a twelve-month prospective study. The American journal of sports medicine, v. 24, n. 2, p. 211-217, 1996.

BERKOVICH, B *et al.* Rapid weight loss among adolescents participating in competitive judo. International journal of sport nutrition and exercise metabolism, v. 26, n. 3, p. 276-284, 2016.

BŁACH, W *et al.* Judo injuries frequency in Europe's top-level competitions in the period 2005–2020. *Journal Of Clinical Medicine,* v. 10, n. 4, p. 852, 2021.

BONATO, M. *et al.* Aerobic training program for the enhancements of HR and VO2 off-kinetics in elite judo athletes. *Journal of Sports Medicine and Physical Fitness,* Rome; Torino, v. 55, n. 11, p. 1.227-1.284, 2015.

BONITCH-DOMINGUEZ, J *et al.* Changes in peak leg power induced by successive judo bouts and their relationship to lactate production. *Journal of Sports Sciences,* v. 28, n. 14, p. 1527-1534, 2010.

BONITCH-GÓNGORA, J. *et al.* The effect of lactate concentration on the handgrip strength during judo bouts. *Journal of Strength and Conditioning Research,* United States of America, v. 26, n. 7, p. 1.863-1871, 2012.

BOSCO, C. Strength assessment with the Bosco's test. *Italian Society of Sport Science,* Rome, 165p, 1999

BOSCO, C. A Força Muscular. São Paulo: Phorte, 2007

BRANCO, B. H. M. *et al.* Development of tables for classifying judo athletes according to maximal isometric strength and muscular power, and comparisons between athletes at different competitive levels. *Sport Sciences for Health,* Rome, v. 14, n. 3, p. 607-614, 2018.

BRANCO, B. H. M. *et al.* Normative tables for the dynamic and isometric judogi chin-up tests for judo athletes. *Sport Sciences for Health*, Rome, 2016. No prelo.

BROSS, M.; BORENSTEIN, M. Temporal auditory acuity in blind and sighted subjects: a signal detection analysis. *Perceptual and Motor Skills*, Missoula, v. 55, p. 963-966, 1982.

CALMET, M. *et al.* Judo rules: searching for a wind of changes. *International Journal of Performance Analysis in Sport*, United Kingdom, v. 17, n. 6, p. 863-871, 2017a.

CALMET, M. *et al.* Rule change and Olympic judo scores, penalties and match duration. *International Journal of Performance Analysis in Sport*, United Kingdom, v. 17, n. 4, p. 458-465, 2017b.

CALMET, M.; AHMAIDI, S. Survey of advantages obtained by judoka in competition by level of practice. *Perceptual and Motor Skills*, Missoula, v. 99, p. 284-290, 2004.

CALMET, M.; MIARKA, B.; FRANCHINI, E. Modeling of grasps in judo contests. *International Journal of Performance Analysis in Sport*, United Kingdom, v. 10, n. 3, p. 229-240, 2010.

CARBALLEIRA, E.; IGLESIAS, E. Acute effects of the judo fight: multiparametric analysis. *European Journal of Human Movement*, Spain, v. 19, p. 111-138, 2007.

CARVALHO, C.; CARVALHO, A. Não se deve identificar força explosiva com potência muscular, ainda que existam algumas relações entre ambas. *Revista Portuguesa de Ciências do Desporto*, Porto, v. 6, n. 2, p. 241-248, 2006.

CASALS, C. *et al.* Special judo fitness test level and anthropometric profile of elite female cadet judokas. *Revista de Artes Marciales Asiáticas*, León, Spain, v. 11, n. 2s, p. 40-41, 2016.

CASALS, C. *et al.* Special judo fitness test level and anthropometric profile of elite Spanish judo athletes. *Journal of Strength and Conditioning Research*, United States of America, v. 31, n. 5, p. 1.229-1.235, 2017.

CASTANERLAS, J. L.; PLANAS, A. Estudio de la estructura temporal del combate del judo: apuntes. *Educación Física Deportes*, Barcelona, n. 47, p. 32-39, 1997.

CEYLAN, B. *et al.* Acute dehydration impairs performance and physiological responses in highly trained judo athletes. *Biology*, Basel, v. 11, n. 6, p. 872, 2022.

CEYLAN, B. *et al.* Anthropometric profile, wingate performance and special judo fitness levels of Turkish Olympic Judo Athletes. *Ido Moviment for Culture Journal of Martial Arts Anthropology*, Strzyżów, v. 18, p. 15-20, 2018.

CHAABENE, H. *et al.* Tests for the assessment of sport-specific performance in Olympic combat sports: a systematic review with practical recommendations. *Frontiers in Physiology*, Lausanne, v. 9, n. 18, p. 1-18, 2018.

CHUN, R. *et al.* Effects of visual acuity loss on running performance among visually impaired Paralympic athletes. *Investigative Ophthalmology & Visual Science*, United States of America, v. 60, n. 9, p. 1.043-1.043, 2019.

CHUN, R.; CREESE, M.; MASSOF, R. W. Topical review: understanding vision impairment and sports performance through a look at Paralympic classification. *Optometry and Vision Science*, United States of America, v. 98, n. 7, p. 759-763, 2021.

CLARYS, P. *et al.* Influence of weight reduction on physical performance capacity in judokas. *Journal of Combat Sports and Martial Arts*, Poland, v. 1, n. 2, p. 71-76, 2010.

COHEN, LG. *et al.* Functional relevance of cross-modal plasticity in blind humans. Nature, v. 389, n. 6647, p. 180-183, 1997.

CORVINO, R. B. *et al.* Taxa de desenvolvimento de força em diferentes velocidades de contrações musculares. *Revista Brasileira de Medicina do Esporte*, São Paulo, v. 15, p. 428-431, 2009.

COUFALOVA, K. *et al.* Changes in body composition, anthropometric indicators and maximal strength due to weight reduction in judo. *Archives of Budo*, Warsaw, v. 10, 2014.

COUREL, J. *et al.* Effects of kumi-kata grip laterality and throwing side on attack effectiveness and combat result in elite judo athletes. *International Journal of Performance Analysis in Sport*, United Kingdom, v. 14, n. 1, p. 138-147, 2014.

DEGOUTTE, F. *et al.* Food restriction, performance, biochemical, psychological, and endocrine changes in judo athletes. *International Journal of Sports Medicine*, Germany, p. 9-18, 2005.

DEL VECCHIO, F. B. *et al. Análise do tempo de luta dos finalistas do Campeonato Mundial de Judô de 2003.* Trabalho apresentado ao Congreso de la Asociación Española de Ciencias del Deporte, 3., 2004, Valencia.

DERMAN, W. *et al.* High incidence of injuries at the Pyeongchang 2018 Paralympic winter games: a prospective cohort study of 6804 athlete days. *British Journal of Sports Medicine*, United Kingdom, v. 54, n. 1, p. 38-43, 2020.

DERMAN, W. *et al.* High precompetition injury rate dominates the injury profile at the Rio 2016 Summer Paralympic Games: a prospective cohort study of 51 198 athlete days. *British Journal of Sports Medicine*, United Kingdom, v. 52, n. 1, p. 24-31, 2018.

DETANICO, D. *et al.* Strength parameters in judo players: an approach about hand dominance and weight categories. *Human Movement*, Poland, v. 13, n. 4, p. 330-336, 2012.

DETANICO, D.; SANTOS, S. G. Avaliação específica do judô: uma revisão de métodos. *Revista Brasileira de Cineantropometria e Desempenho Humano*, Florianópolis, v. 14, n. 6, p. 738-748, 2012.

DRID, P. *et al.* The effect of rapid weight loss on body composition and circulating markers of creatine metabolism in judokas. *Kinesiology*, Zagreb, v. 51, n. 2, p. 158-160, 2019.

ENOKA, R. M. *Bases neuromecânicas da cinesiologia*. 2. ed. São Paulo: Manole, 2000.

ESCOBAR-MOLINA, R. *et al.* Special judo fitness test performance of junior and judo senior judo athletes from the Spanish Team. In Proceedings of the game, Drama. *Ritual in Martial Arts and Combat Sports*, Genova, p. 8-10, June 2012.

FAGHER, K. *et al.* Injuries and illnesses in Swedish Paralympic athletes: a 52-week prospective study of incidence and risk factors. *Scandinavian Journal of Medicine & Science in Sports*, Denmark, v. 30, n. 8, p. 1.457-1.470, 2020.

FAGHER, K. *et al.* Prevalence of sports-related injuries in Paralympic judo: an exploratory study. *Journal of Science and Medicine in Sport*, Sidney, v. 22, n. 8, p. 902-906, 2019.

FERRARA, M. S.; PETERSON, C. L. Injuries to athletes with disabilities: identifying injury patterns. *Sports Medicine*, Auckland, v. 30, p. 137-143, 2000.

FILAIRE, E. I. *et al.* Anxiety, hormonal responses, and coping during a judo competition. *Aggressive Behavior*: Official Journal of the International Society for Research on Aggression, United States of America, v. 27, n. 1, p. 55-63, 2001.

FINAUD, J. *et al.* Competition and food restriction effects on oxidative stress in judo. *International Journal of Sports Medicine*, Germany, v. 27, n. 10, p. 834-841, 2006.

FORTES, L. S. *et al.* Effect of rapid weight loss on decision-making performance in judo athletes. *Journal of Physical Education*, Maringá, v. 28, 2017a.

FORTES, L. S. *et al.* Effect of rapid weight loss on physical performance in judo athletes: is rapid weight loss a help for judokas with weight problems? *International Journal of Performance Analysis in Sport*, United Kingdom, v. 17, n. 5, p. 763-773, 2017b.

FORTES, L. S. *et al.* Mood response after two weeks of rapid weight reduction in judokas. *Archives of Budo*, Warsaw, v. 14, p. 125-132, 2018.

FRANCHINI, E. *et al.* A special judo fitness test classificatory table. *Archives of Budo*, Warsaw, v. 5, p. 127-129, 2009.

FRANCHINI, E. *et al.* Análise de um teste específico para o judô. *Kinesis*, Santa Maria, v. 21, p. 91-108, 1999.

FRANCHINI, E. *et al.* Endurance in judogi grip strength tests: comparison between elite and non-elite judo players. *Archives of Budo*, Warsaw, v. 7, n. 1, p. 1-4, 2011a.

FRANCHINI, E. *et al.* Energy system contributions to the Special Judo Fitness Test. *International Journal of Sports and Physiological Performance*, United States of America, v. 6, n. 3, p. 334-343, 2011b.

FRANCHINI, E. *et al.* Estudo de caso das mudanças fisiológicas e de desempenho de judocas do sexo feminino em preparação para os Jogos Pan-Americanos. *Revista Brasileira de Ciência e Movimento*, Brasília, v. 9, p. 21-27, 2001.

FRANCHINI, E. *et al.* Influence of linear and undulating strength periodization on physical fitness, physiological, and performance responses to simulated judo matches. *Journal of Strength Conditioning Research*, Champaign, v. 29, n. 2, p. 358-367, 2015.

FRANCHINI, E. *et al.* Maximal isometric handgrip strength: comparison between weight categories and classificatory table for adult judo athletes. *Journal of Exercise Rehabilitation*, Seul, v. 14, n. 6, p. 968, 2018.

FRANCHINI, E. *et al.* Morphological, physiological and technical variables in high-level college judoists. *Archives of Budo*, Warsaw, v. 1, n. 1, p. 1-7, 2005a.

FRANCHINI, E. *et al.* Physical fitness and anthropometrical differences between elite and non-elite judo players. *Biology of Sport*, Warsaw, v. 22, n. 4, p. 315-28, 2005b.

FRANCHINI, E. *et al.* Physical fitness and anthropometrical profile of the Brazilian male judo team. *Journal of Physiological Anthropology*, United Kingdom, v. 26, p. 59-67, 2007.

FRANCHINI, E. *et al.* Physiological profiles of elite judo athletes. *Sports Medicine*, Auckland, v. 41, n. 2, p. 147-166, 2011c.

FRANCHINI, E. *et al.* Specific fitness test developed in Brazilian judoists. *Biology of Sport*, Warsaw, v. 15, n. 3, 1998.

FRANCHINI, E. *et al.* Technical variation in a sample of high level judo players. *Perceptual and Motor Skills*, Missoula, v. 106, n. 3, p. 859-869, 2008.

FRANCHINI, E.; ARTIOLI, G. G.; BRITO, C. J. Judo combat: time-motion analysis and physiology. *International Performance Analysis Sport*, United Kingdom, v. 13, p. 624-641, 2013.

FRANCHINI, E.; STERKOWICZ, S. Tática e técnica no judô de alto nível (1995-2001): considerações sobre as categorias de peso e os gêneros. *Revista Mackenzie de Educação Física e Esporte*, São Paulo, v. 2, n. 2, p. 125-138, 2003.

FRANCHINI, E; TAKITO, M; BERTUZZI, RC de M. Morphological, physiological and technical variables in high-level college judoists. *Archives of budo*, v. 1, n. 1, p. 1-7, 2005.

GARBOUJ, H. *et al.* Do maximal aerobic power and blood lactate concentration affect Specific Judo Fitness Test performance in female judo athletes? *Biology of Sports*, Warsaw, v. 33, n. 4, p. 367-372, 2016.

GARCIA, J. M. *et al.* Brief report: preliminary efficacy of a judo program to promote participation in physical activity in youth with autism spectrum disorder. *Journal of Autism and Developmental Disorders*, United States of America, v. 50, p. 1.418-1.424, 2020a.

GARCIA, J. M. *et al.* The association among demographic factors, health behaviors and sleep quality in youth with autism spectrum disorder. *Disability and Health Journal*, United States of America, v. 13, n. 3, p. 100.885, 2020b.

GARIOD, L. *et al.* Évaluation du profil énergétique des judokas par spectroscopie RMN du P31. *Science Sports*, Paris, v. 10, n. 4, p. 201-207, 2005.

GASTIN, P. B. Energy system interaction and relative contribution during maximal exercise. *Sports Medicine*, Auckland, v. 31, n. 10, p. 725-741, 2001.

GUTIERREZ-SANTIAGO, A. *et al.* Are male judokas with visual impairments training properly? Findings from an observational study. *Journal of Visual Impairment & Blindness*, United States of America, v. 106, n. 4, p. 224-234, 2012.

GUTIÉRREZ-SANTIAGO, A. *et al.* The temporal structure of judo bouts in visually impaired men and women. *Journal of Sports Sciences*, United Kingdom, v. 29, n. 13, p. 1.443-1.451, 2011.

GUTIÉRREZ-SANTIAGO, A.; GUTIÉRREZ, J. A.; PRIETO-LAGE, I. Temporary judo combat structure of women with visual impairment. *International Journal of Performance Analysis in Sport*, United Kingdom, v. 20, n. 4, p. 631-645, 2020.

HEINISCH, H. D. L'Analisi dell'allenamento e della gara nel judo. *SdS Rivista di Cultura Sportiva*, Roma, anno XVI, n. 37, p. 53-62, 1997.

HESARI, A. F. *et al.* Relationship between aerobic and anaerobic power, and special judo fitness test in elite Iranian male judocas. *Apunts Medicina de L'Esport*, Barcelona, v. 49, n. 181, p. 25-29, 2013.

HÖTTING, K.; RÖDER, B. Auditory and auditory-tactile processing in congenitally blind humans. *Hearing Research*, Amsterdam, v. 258, p. 165-174, 2009.

INTERNATIONAL BLIND SPORTS FEDERATION (IBSA). *Rules, forms and manuals*. Paris: IBSA, [2023]. Disponível em: https://ibsasport.org/anti-doping-and-classification/classification/rules-forms-and-manuals/. Acesso em: 29 fev. 2023.

INTERNATIONAL JUDO FEDERATION (IJF). *IJF referee rules*. Lausanne: IFJ, [2022]. Disponível em: https://rules.ijf.org/. Acesso em: 11 nov. 2022.

INTERNATIONAL PARALYMPIC COMMITTEE (IPC). *International Paralympic Committee classification code and international standards*. Bonn: IPC, 2007-2022. Disponível em: https://www.paralympic.org/classification. Acesso em: 1 fev. 2020.

JANSE DE JONGE, X.; IREDALE, K. F.; CHAPMAN, D. W. *Responses to the Special Judo Fitness Test by male and female members of the Australian Judo Team*. Rotterdam: Erasmus University, 2009.

JULIO, U. F. *et al.* Energy-system contributions to simulated judo matches. *International Journal of Sports Physiology and Performance*, United States of America, v. 12, n. 5, p. 676-683, 2017.

KAJMOVIC, H.; RADJO, I. A comparison of gripping configuration and throwing techniques efficiency index in judo between male and female judoka during Bosnia and Herzegovina Senior State Championships. *International Journal of Performance Analysis in Sport*, United Kingdom, v. 14, n. 2, p. 620-634, 2014.

KANO, J. *Judo Kodokan*. [*S. l.*]: Cultrix, 2008.

KARAKOC, O. Muscle strength and flexibility without and with visual impairments judoka's. *International Education Studies*, Canada, v. 9, n. 5, p. 12-17, 2016.

KATICIPS, L. F. G. *et al.* Impact of different judo rules: analysis of scores and penalties in Paris Grand Slam Championships. [Impacto de las diferentes reglas de judo: análisis de puntuaciones y penalizaciones en los Campeonatos de Grand Slam de París]. *RICYDE*: Revista Internacional de Ciencias del Deporte, Spain, v. 14, n. 54, p. 334-343, 2018.

KATRALLI, J.; GOUDAR, S. S. Anthropometric profile and special judo fitness test levels of Indian judo players. *Asian Journal Sports Medicine*, Tehran, v. 3, n. 2, p. 113-118, 2012.

KIM, K.-S. *et al.* Injuries in national Olympic level judo athletes: an epidemiological study. *British Journal of Sports Medicine*, United Kingdom, v. 49, n. 17, p. 1.144-1.150, 2015.

KOMI, P. V. *Força e potência no esporte*. 2. ed. Porto Alegre: Artmed, 2006.

KOMI, P. V. Stretch-shortening cycle: a powerful model to study normal and fatigued muscle. *Journal of Biomechanics*, United States of America, v. 33, p. 1.197-1.206, 2000.

KOMI, P. V.; GOLLHOFER, A. Stretch reflex can have an important role in force enhancement during SSC-exercise. *Journal of Applied Biomechanics*, United States of America, v. 13, p. 451-460, 1997.

KONS, R. L. Effect of vision impairment on match-related performance and technical variation in attacking moves in Paralympic Judo. *Journal of Sports Sciences*, United Kingdom, v. 39, n. sup1, p. 125-131, 2021a.

KONS, R. L. *et al.* Bilateral deficit in the countermovement jump and its associations with judo-specific performance. *Research in Sports Medicine*, United Kingdom, p. 1-12, 2022a. No prelo.

KONS, R. L. *et al.* Effects of successive judo matches on interlimb asymmetry and bilateral deficit. *Physical Therapy in Sport*, Amsterdam, v. 47, p. 15-22, 2021b.

KONS, R. L. *et al.* Female judo athletes' physical test performances are unrelated to technical-tactical competition skills. *Perceptual and Motor Skills*, Missoula, v. 125, n. 4, p. 802-816, 2018a.

KONS, R. L. *et al.* Injuries in judo athletes with disabilities: prevalence, magnitude, and sport-related mechanisms. *Journal of Sport Rehabilitation*, United States of America, v. 1, n. aop, p. 1-7, 2022b.

KONS, R. L. *et al.* Judo-specific tests: a narrative review with recommendations for physical assessment. *Strength & Conditioning Journal*, United States of America, 2022c. No prelo.

KONS, R. L. *et al.* Match-related performance during the Olympic Games 2020: a technical variability analysis of high-level judo athletes. *International Journal of Performance Analysis in Sport*, United Kingdom, v. 22, n. 4, p. 516-525, 2022d.

KONS, R. L. *et al.* Methods and magnitudes of rapid weight loss in judo athletes over pre-competition periods. *Human Movement*, Poland, v. 18, n. 2, p. 49-55, 2017a.

KONS, R. L. *et al.* Neuromuscular and postural control in visually and nonvisually impaired judo athletes: case study. *Journal of Exercise Rehabilitation*, South Korea, v. 15, n. 1, p. 60, 2019a.

KONS, R. L. *et al.* Olympic and Paralympic Games Rio 2016: a technical-tactical analysis of judo matches. *Kinesiology*, Zagreb, v. 50, n. 2, p. 204-210, 2018b.

KONS, R. L. *et al.* Predictors of judo-specific tasks from neuromuscular performance in young athletes. *International Journal of Sports Physical Therapy*, United States of America, v. 15, n. 3, p. 365-373, 2020.

KONS, R. L. *et al.* Rapid weight loss in visually impaired judo athletes: prevalence, magnitude, and methods. *British Journal of Visual Impairment*, United States of America, v. 40, n. 2, p. 255-263, 2022e.

KONS, R. L. *et al.* Tactile and auditory stimuli can improve the specific physical performance of para-judo athletes with varied origins of visual impairment. *Perceptual and Motor Skills*, Missoula, v. 130, n. 1, p. 419-433, 2023.

KONS, R. L. *et al.* The effect of vision impairment on competitive and technical--tactical performance in judo: is the present system legitimate? *Adapted Physical Activity Quarterly*, United States of America, v. 36, n. 3, p. 388-398, 2019b.

KONS, R. L. *et al.* Vertical jump performance in judo and Brazilian jiu-jitsu athletes: an approach with different training levels. *Ido Movement for Culture*: Journal of Martial Arts Anthropology, Strzyżów, v. 17, n. 4, p. 25-31, 2017b.

KONS, R. L.; ACHE-DIAS, J.; DETANICO, D. Can physical tests predict the technical-tactical performance during official judo competitions? *Archives of Budo Science of Martial Arts and Extreme Sports*, Warsaw, v. 13, p. 143-151, 2017.

KONS, R. L.; FRANCHINI, E.; DETANICO, D. Relationship between physical fitness, attacks and effectiveness in short-and long-duration judo matches. *International Journal of Performance Analysis in Sport*, United Kingdom, v. 18, n. 6, p. 1.024-1.036, 2018.

KONS, R. L.; HAEGELE, J. A.; DETANICO, D. World-ranking performance in judo athletes with visual impairment: an approach considering sport classes and weight categories. *British Journal of Visual Impairment*, United States of America, p. 02646196211059747, 2021.

KONS, RL. et al. Psychometric suitability of adaptations to the special judo fitness test for athletes with visual impairment. *Perceptual and Motor Skills*, v. 128, n. 5, p. 2033-2051, 2021.

KONS, R. L.; PATATAS, J. M. Paralympic sports classification: need for research based on the athlete's origin of impairment. *American Journal of Physical Medicine & Rehabilitation*, United States of America, p. 10.1097, 2023. No prelo.

KRABBEN, K. J. *et al.* Assessment of visual function and performance in Paralympic judo for athletes with vision impairment. *Optometry and Vision Science*, United States of America, v. 98, n. 7, p. 854-863, 2021a.

KRABBEN, K. J. *et al.* Getting a grip on the resilience to blur: the impact of simulated vision loss on a visually guided combat sports interaction. *Psychology of Sport and Exercise*, Amsterdam, v. 55, p. 101.941, 2021b.

KRABBEN, K. J. *et al.* May the best-sighted win? The relationship between visual function and performance in Para judo. *Journal of Sports Sciences*, United Kingdom, p. 1-10, 2020.

KRABBEN, K. J. *et al.* The development of evidence-based classification of vision impairment in judo: a Delphi study. *Frontiers in Psychology*, [*s. l.*], v. 10, n. 98, p. 1-12, 2019.

KRABBEN, K. J.; ORTH, D.; VAN DER KAMP, J. Combat as an interpersonal synergy: an ecological dynamics approach to combat sports. *Sports Medicine*, Auckland, v. 49, n. 12, p. 1.825-1.836, 2019.

KRABBEN, K. J.; VAN DER KAMP, J.; MANN, D. L. Fight without sight: the contribution of vision to judo performance. *Psychology of Sport and Exercise*, Amsterdam, v. 37, p. 157-163, 2017.

LAKICEVIC, N. *et al.* Effects of rapid weight loss on judo athletes: a systematic review. *Nutrients*, Basel, v. 12, n. 5, p. 1.220, 2020.

LEE, K. H.; LEE, S.; PARK, J. Comparison of upper and lower body's anaerobic power in visually impaired judo and goalball athletes. *Journal of Men's Health*, United States of America, v. 16, n. 3, p. 87-97, 2020.

LOPES-SILVA, J. P. *et al.* Influence of physical fitness on Special Judo Fitness Test Performance: a multiple linear regression analysis. *Journal of Strength Conditioning Research*, Champaign, 2018. No prelo.

LOTURCO, I. *et al.* Strength-power performance of visually Impaired Paralympic and Olympic judo athletes from the Brazilian national team: a comparative study. *Journal of Strength Conditioning Research*, Champaign, v. 31, n. 3, p. 743-749, 2017a.

LOTURCO, I. *et al.* Performance changes of elite Paralympic judo athletes during a Paralympic games cycle: a case study with the Brazilian National Team. *Journal of Human Kinetics*, Poland, v. 60, p. 217-224, 2017b.

LUM, D. Effects of various warm up protocol on Special Judo Fitness Test Performance. *Journal of Strength Conditioning Research*, Champaign, v. 33, n. 2, p. 459-465, 2019.

MANN, D. L. *et al.* Classifying the evidence for evidence-based classification in Paralympic sport. *Journal of Sports Sciences*, United Kingdom, v. 39, n. sup1, p. 1-6, 2021.

MANN, D. L.; RAVENSBERGEN, H. J. C. International Paralympic Committee (IPC) and International Blind Sports Federation (IBSA) joint position stand on the sport-specific classification of athletes with vision impairment. *Sports Medicine*, Auckland, v. 48, n. 9, p. 2.011-2.023, 2018.

MARKOVIC, G. D. *et al.* Reliability and factorial validity of squat and countermovement jump tests. *Journal of Strength Conditioning Research*, Champaign, v. 18, p. 551-555, 2004.

MARTÍNEZ-ARANDA, L. M. *et al.* Effects of different rapid weight loss strategies and percentages on performance-related parameters in combat sports: an updated systematic review. *International Journal of Environmental Research and Public Health*, Basel, v. 20, n. 6, p. 5.158, 2023.

MASHKOVSKIY, E.; MAGOMEDOVA, A.; ACHKASOV, E. Degree of vision impairment influence the fight outcomes in the Paralympic judo: a 10-year retrospective analysis. *Journal of Sports Medicine and Physical Fitness*, Rome, v. 59, n. 3, p. 376-379, 2019.

MATSUMOTO, Y. *et al.* A follow-up study of the physical fitness of judoists (report I and II). *Bull Association Science Study in Judo*, Tokyo, n. 4, p. 1-26, 1978.

MENDES, L. C. V.; FERREIRA, C. E. S. Avaliação do componente aeróbio e anaeróbio em atletas da seleção estudantil de judô do distrito federal. *Educação Física em Revista*, Brasília, v. 4, n. 1, 2010.

MIARKA, B. *et al.* A comparison of time-motion and technical-tactical variables between age groups of female judo matches. *Journal of Sports Sciences*, United Kingdom, v. 32, n. 16, p. 1.529-1.538, 2014.

MIARKA, B. *et al.* A comparison of time-motion performance between age groups in judo matches. *Journal of Sports Sciences*, United Kingdom, v. 30, n. 9, p. 889-905, 2012.

MIARKA, B.; DEL VECCHIO, F. B.; FRANCHINI, E. Acute effects and postactivation potentiation in the Special Judo Fitness Test. *Journal of Strength Conditioning Research*, Champaign, v. 25, p. 427-431, 2011.

MONTEIRO, L. F. *et al.* Plyometric muscular action tests in judo and non-judo athletes. *Isokinetics and Exercise Science*, Amsterdam, v. 19, n. 4, p. 287-293, 2011.

MONTEIRO, L. F. Estrutura e custo energético do combate de judo. *In*: CONGRESSO DE EDUCAÇÃO FÍSICA E CIÊNCIA DO DESPORTO DOS PAÍSES DE LÍNGUA PORTUGUESA, 4., Coimbra, 1995. *Anais* [...]. Coimbra: MD-3, 1995 115-120.

MORALES AZNAR, J. *et al. Adaptative judo best practice*: autjudo. A handbook on how to teach judo to people with autistic spectrum disorder. [*MORALES AZNAR, J eds Barcelona, Espanha.*], 2022a.

MORALES AZNAR, J. *et al.* Effects of rapid weight loss on balance and reaction time in elite judo athletes. *International Journal of Sports Physiology and Performance*, Unites States of America, v. 13, n. 10, p. 1.371-1.377, 2018.

MORALES AZNAR, J. *et al.* Improving motor skills and psychosocial behaviors in children with autism spectrum disorder through an adapted judo program. *Frontiers in Psychology*, Switzerland, v. 13, p. 1.067.310, 2022b.

MORALES AZNAR, J. *et al.* Interrater reliability of a classification system for athletes with intellectual disabilities in adapted judo competitions. *Archives of Budo*, Warsaw, v. 17, 2021.

MORALES AZNAR, J. *et al.* The work endurance recovery method for quantifying training loads in judo. *International Journal of Sports Physiology and Performance*, United States of America, v. 11, n. 7, p. 913-919, 2016.

OLIVIER, J. C. *Das brigas aos jogos com regras*: enfrentando a indisciplina na escola. [*S. l.*: *s. n.*], Artmed, 93p, 2000.

ORGANIZAÇÃO MUNDIAL DA SAÚDE (OMS). ICD-10: classificação estatística internacional de doenças e problemas de saúde relacionados. 10th revision. [*S. l.*]: OMS, 2004.

PEREIRA, L. A. *et al.* A ingestão de cafeína não melhora o desempenho de atletas de judô. *Revista Motriz,* Rio Claro, v. 16 n. 3, p. 714-722, 2010.

PEREIRA, MPV. *et al.* Lutas na escola: sistematização do conteúdo por meio a teia do conhecimento das lutas em rede. *Conexões,* v. 15, n. 3, p. 338-348, 2017.

PIRAS, A.; PIERANTOZZI, E.; SQUATRITO, S. Visual search strategy in judo fighters during the execution of the first grip. *International Journal of Sports Science & Coaching,* United Kingdom, v. 9, n. 1, p. 185-198, 2014.

POCECCO, E. *et al.* Injuries in judo: a systematic literature review including suggestions for prevention. *British Journal of Sports Medicine,* United Kingdom, v. 47, n. 18, p. 1.139-1.143, 2013.

PRINZ, M.; PRILLER, J. Microglia and brain macrophages in the molecular age: from origin to neuropsychiatric disease. *Nature Reviews Neuroscience,* United Kingdom, v. 15, n. 5, p. 300-312, 2014.

RAUSCHECKER, JP. Compensatory plasticity and sensory substitution in the cerebral cortex. *Trends in neurosciences,* v. 18, n. 1, p. 36-43, 1995.

RATAMESS, N. A. Strength and conditioning for grappling sports. *National Strength and Conditioning Association,* United States of America, v. 33, n. 6, p. 18-24, 2011.

RAVENSBERGEN, R. H. J. C.; MANN, D. L.; KAMPER, S. J. Expert consensus statement to guide the evidence-based classification of Paralympic athletes with vision impairment: a Delphi study. *British Journal of Sports Medicine,* United Kingdom, v. 50, n. 7, p. 386-391, 2016.

RENZIEHAUSEN, J. M. *et al.* The feasibility of a community-based judo program and cortisol collection in children with autism. *Advances in Neurodevelopmental Disorders,* Amsterdam, v. 6, n. 1, p. 100-105, 2022.

RIVERA, P. *et al.* Effects of an 8-week judo program on behaviors in children with autism spectrum disorder: a mixed-methods approach. *Child Psychiatry & Human Development,* United States of America, v. 51, p. 734-741, 2020.

RIZZOLATTI, G.; CRAIGHERO, L. Mirror neuron: a neurological approach to empathy. *In*: NEUROBIOLOGY of human values. [*S. l.*]: Springer Berlin Heidelberg, 2005. p. 107-123.

ROSA, R. R.; OLIVEIRA, P. R. Novas propostas de avaliação da resistência especial do judoca. *Revista Conexões,* Fortaleza, v. 6, p. 11-21, 2008.

SANTOS, C. N. *et al.* Postural control in athletes with different degrees of visual impairment. *Journal of Physical Education*, Maringá, v. 29, 2018.

SANTOS, L. *et al.* Perceptions of top-level judo coaches on training and performance. *International Journal of Sports Science & Coaching*, United Kingdom, v. 10, n. 1, p. 145-158, 2015.

SANTOS, S. G. *Judô*: buscando o caminho suave. Florianópolis: Duplic, 2014.

SANTOS, S. G. Judô: onde está o caminho suave? *Revista Brasileira de Cineantropometria e Desempenho Humano*, Florianópolis, v. 8, n. 1, p. 114-119, 2006.

SILVA LOPES, J. S. et al. Etiology, prevalence, and severity of reported acute sports injuries in Brazilian Jiu-Jitsu Paradesports: an observational study. *Science & Sports*, v. 36, n. 2, p. e43-e50, 2021.

SILVA, V. S.; SOUZA, I.; BEZERRA, E. D. Avaliação de atletas de judô com a utilização do Special Judo Fitness Test (SJFT). *Revista Digital Buenos Aires*, Buenos Aires, v. 13, p. 1-13, 2008.

ŠIMENKO, J.; KARPLJUK, D. Can special judo fitness test be used to detect asymmetries in movement patterns? *Homo Sport*, Slovenia, v. 18, p. 14-17, 2016.

SOGABE, A. *et al. Correlation analysis between Special Judo Fitness Test and Uchikomi Shuttle Run Rest*. Work presented at World Congress on Health and Martial Arts in Interdisciplinary Approach, Czestochowa, Polonia, 1., 2015.

SPECIAL NEEDS JUDO UNION (SNJU). *SNJU referee rules*. [*S. l.*]: SNJU, [2023]. Disponível em: https://snju.org/about-snju-org/. Acesso em: 29 fev. 2023.

SPECIAL OLYMPICS (SO). *SO referee rules*. Washington: SO, 2020. Disponível em: https://www.specialolympics.org/. Acesso em: 29 fev. 2023.

STERKOWICZ, S. Specjalna Sprawno´s´c Ruchowa w Judo. *AWF*: Katowice, Poland, p. 188-194, 1997

STERKOWICZ, S. Test specjalnej sprawnoci ruchowej w judo. *Antropomotoryka*, Warsaw, n. 12-13, p. 29-44, 1995.

STERKOWICZ, S. *et al.* Levels of anaerobic and aerobic capacity indices and results for the Special Judo Fitness Test in judo competitors. *Journal of Human Kinetics*, Warsaw, v. 21, n. 2, p. 115-135, 1999.

STERKOWICZ, S.; MASLEJ, P. An evaluation of the technical and tactical aspects of judo matches at the seniors level. [*S. l.*: *s. n.*], 1999. Disponível em: http://www.

judoamerica.com. Acesso em: 18 mar. 2017. Versão polonesa: Dzialania techniczno-taktyczne stosowane w walce judo. *Sport Wyczynowy*, [*s. l.*], n. 9-10, p. 47-53, 1999.

STERKOWICZ, S.; FRANCHINI, E. Techniques used by judoists during the World and Olympic tournaments 1995-1999. Human Movement Science, Amsterdam, v. 2, n. 2, p. 24-33, 2000

STERKOWICZ, S.; FRANCHINI, E. Specific fitness of elite and novice judoists. *Journal of Human Kinetics*, Warsaw, v. 6, n. 1, p. 81-98, 2001.

STERKOWICZ-PRZYBYCIÉN, K. L. *et al.* Special Judo Fitness Test: results and applications. *In*: DRID, P. (ed.). *Science and medicine in combat sports*. Hauppauge, NY: Nova Science, 2017. p. 145-173.

STERKOWICZ-PRZYBYCIEŃ, K. L.; FUKUDA, H. D. Establishing normative data for the Special Judo Fitness Test in female athletes using systematic review and meta-analysis. *Journal of Strength Conditioning Research*, Champaign, v. 28, n. 12, p. 3.585-3.593, 2014.

TWEEDY, S. M.; BECKMAN, E. M.; CONNICK, M. J. Paralympic classification: conceptual basis, current methods and research update. *PM&R*, Rosemont, v. 6, p. s11-s17, 2014.

TWEEDY, S. M.; MANN, D.; VANLANDEWIJCK, Y. C. Research needs for the development of evidence-based systems of classification for physical, vision, and intellectual impairments. *In*: VANLANDEWIJCK, Y. C. *Training and coaching the Paralympic athlete*. New York: Wiley-Blackwell, 2016. p. 122-149.

TWEEDY, S. M.; VANLANDEWIJCK, Y. C. International Paralympic Committee position stand: background and scientific principles of classification in Paralympic sport. *British Journal of Sports Medicine*, United Kingdom, v. 45, p. 259-269, 2011.

WICKS, L. *Statistical summary of judo at 2006 Commonwealth Judo Tournament*. [*S. l.*: *s. n.*], c2006. Disponível em: http://www.judocoach.com/analysis/2006-Summary.pdf. Acesso em: 20 abr. 2023.

WILLICK, S. E. *et al.* The epidemiology of injuries at the London 2012 Paralympic Games. *British Journal of Sports Medicine*, United Kingdom, v. 47, n. 7, p. 426-432, 2013.

WOLSKA, B. The level of aerobic and anaerobic capacity and the results of a Special Mobility Fitness Test of female judo competitors aged 16-18 years. *Baltic Journal of Health and Physical Activity*, Gdansk, v. 2, n. 2, p. 124-131, 2010.

WOLSKA, B. *et al.* The interdependence of indices of efficiency, special fitness and body composition in judo athletes during the period of comprehensive training. *Archives of Budo Science of Martial Arts and Extreme Sports*, Warsaw, v. 9, p. 77-83, 2013.

WOLSKA, B.; SMULSKI, V.; JAGIELLO, W. The level of aerobic and anaerobic capacity and the results of a Special Mobility Fitness Test of female judo contestants. *Baltic Journal of Health and Physical Activity*, Gdansk, v. 1, n. 2, p. 105-110, 2009.

ZAGGELIDIS, G. *et al.* Differences in vertical jumping performance between untrained males and advanced Greek judokas. *Archives of Budo*, Warsaw, v. 8, n. 2, p. 87-90, 2012.